新潮文庫

TIMELESS

朝吹真理子著

TIMELESS 1

もしまたべつの生きものとしてこの世にあらわれねばならないとしたら、なにに生まれたい。

高校二年生だった。放課後、教室に残っている生徒は私たちをのぞいてほとんどいなかった。いたのかもしれないけれどそういった気配はすべて雪に吸われていた。東京にめずらしく牡丹《ぼたん》雪が降っていた。二〇〇四年の一月半ば、三年生のいない放課後の校内はいつもよりさらにしんとしていて、マンドリンクラブの練習するトレモロ奏法がわずかにきこえていたがそれもいまは静まっている。生物の授業のままの黒板、壁掛時計、男子が脱ぎ捨てたジャージ、プリーツスカートの襞《ひだ》、太もも、水の流れが影になって落ちる。教室が薄墨色になっている。天井の蛍光灯は消えたまま、クラスメイト四人と話していた。

私たちは帰る機を逃しつづけていたかったから、話をつづけていた。死んだ後に生まれ変わるかなんてどうでもよかった。高校三年生になる春のことさえ漠然としていたから、むしろ百年さきの話をしていたかった。

交わされる言葉はなんでもよかった。生理もないし妊娠しなくていいしエロい目でみられないし生まれかわったら圧倒的に男になりたい、と、女子校から転入してきた子が符牒《ふちょう》の台詞《せりふ》に自分自身で飽いてもいるようなくちぶりで言った。男かあ、人間はやだなあ。学校指定のウールセーターや手袋の毛玉をとってはまるめる。それはすぐに鶉《うずら》の卵くらいの質量をもったかたまりになる。

生まれたくなくとも生まれてしまうとして、なにに生まれたいか。私、イルカ、とひとりの子が言った。かわいいから。もうひとりは、パリス・ヒルトンと言った。それもまた、かわいいから。たしかに、パリスの斜視はかわいい。人をたぶらかしては傷つけ、ルイ・ヴィトンの白地にピンクや赤といったドロップのような配色を散らしたモノグラムのバッグを、これぜんぶちょうだい、と指さして棚買いして、シャンパンを乳房のあいだにかけるホテルのスウィートルームでのパーティに興じきった末交通事故で死にたい、コカインか大麻を吸引して運転して、ガードレールに突っ込んでの即死がいい、二十四歳で。

窓から正門がみえる。泥《なず》んだ雪に無数の靴跡がついている。そのうえに、ほどろほどろと雪片が降りおつ。牡丹雪からじきに水雪に変わるかもしれない。水分をふくむ重たい雪に発語したすべてが吸われて消えてゆきそうだった。

私は、クラゲに生まれ変わりたい、と言った。クラゲ？　そうクラゲ。かわいいから。やわらかいガラス細工のような無脊椎《むせきつい》の生きもの。半透明の傘をもつ放射相称動物、触手を水のなかでゆすりうごかすだけの生きもの。暗下、凝《こご》る月、海の月、水の母とも書く。ラテン語で美しいという言葉から派生した名をつけられ、六億年前から形態の変わらない洗練された海の生きもの。水棲《すいせい》生物らしく、ほとんどが水分で構成される。ゼラチン質のやわらかな傘を収縮して、からだぜんぶが一個の心臓のように拍動する。時間帯によって、くちになったり、消化したり、排泄《はいせつ》したり、人間であれば分散されて同時に動く器官の働きを、一日のあいだでなんどもぜんたいでひとつの器官になっておこなう。ひたすら海流に浮遊する。意思らしいものがないところがクラゲの最も美しいところだ。眼球がないから、閉じることもなければ開くこともない。それでも、からだに張り巡らされた神経回路があるから、からだのすべてが一個の目にもなっている。人間のように、くちと肛門《こうもん》とをわけなくていい、ただ開口部と呼ばれる器官だけがある。感覚はいつも外に開かれている。ミズクラゲ、ユウレイクラゲ、アマクサクラゲ、感覚器で水の動きをとらえ、触手と口腕をくるくる水の流れに添うように糸のように揺らす。刺胞を持っているが好んで刺すわけではない。ひたすら押し流され、触れてくるものにだけ巻いたりもつれたりして、刺す。からまればじぶんでときほぐす。八月の海に、ミズクラゲの群れが潮目に留まっているのを海上から撮影した写真をみたことがある。夏にあらわれた霜柱のようにそれがみえていた。そんな水棲生物に憧《あこが》れている。

クラゲ

くりかえし、言った。

うみは、昔から泳ぐの好きだよね

うみ、というきわめて象徴的な名前をもって私はうまれてきた。うまれたあとに名前がつけられたけれど、記憶をどれだけさかのぼろうとしても名前のなかったころの記憶には戻れない。自分には手に余る名をつけられたような気がずっとしている。うみ、と呼ばれてもいつも名無しのような気持ちになる。名前をつけてくれたという母とは一ヶ月会っていない。彼女は茶葉や食品の小さな輸入会社を経営していて、その買い付けの仕事で、いまはダージリンにいる。ときどき写真が届く。「ママ」と彼女のことを呼んだ回数は少ない。周囲と同じように、いつも名前で呼んでいた。父はときどき家に来る。他の家庭の父でもあるからパートタイマーとしてやって来る。血縁だけでは親にはなれないから、私には親にあたるひとがいないと思えるときがある。

学校が終わると、ときどきプールに行く。母が置いていったホテルのプールチケットを使う。制服を着てホテルのロッカールームに入ると、人に横目でみられる。子供がこんなところに来て。そういうときはわざと堂々としたふるまいで制服を脱ぐ。ロッカーから遊泳具をとりだして着替える。人間もまた脊椎のある無脊椎の生きものだと思う。背泳ぎをくりかえす。ドルフィンキックですすむ。まずは四百メートルを泳ぐ。ほんとうは泳ぐのではなくからだがほどけきるまで水中に漂っていたい。クラゲのように、自然現象として水中にあらわれ海流にひたすら押し流されて死滅する。その、ほがらかな宿命に憧れている。クラゲもひとも、生きものは、死滅することだけは決まっている。それはとても平等なことだ。

他愛ない生まれ変わりの話をしていた高校を卒業してから十年経《た》った。かつてのクラスメイトの祝言《しゅうげん》の場にいる。六本木のホテルの高層階で披露宴の卓を囲んでいる。

群青《ぐんじょう》色のグラスに水がつがれる。卓上でずっと高校時代の話をしていた。パリス・ヒルトンに生まれ変わりたかった子は妊娠していた。受付のそばにたむろして、ドレスがかわいい、夜景がかわいい、かわいいかわいい言い合って写真を撮る。テレビ局のアナウンサーになった男子が司会をしている。お色直しをした友人が入場するのを、みな携帯を片手に待つ。かつてイルカに生まれ変わりたいと言っていた新婦がウェディングドレスを着てあらわれる。マーメイドラインのドレスだった。背中にはたかれたルースパウダーのブルーやラベンダー色の細かな粒子がぬめるように背骨のうえで光っている。

デザートのクレームブリュレの二〇〇度近い高温で熱された硬いカラメルを匙《さじ》で割る。どのひとのくちのなかでも、しゃりしゃりと硬質な砂糖を砕く音がしている。さっき入刀されたウェディングケーキがテーブルに運ばれるから、ただひたすら甘いだけのそれも口に運ぶ。披露宴は終わりに近づき、ブーケトスの段になる。カップの底の冷えた紅茶を飲み干して、席を立つ。

前もって新婦から、うみに投げるからね、と言付けられていた。ブーケをほしがる演技をみなしなければならない。女性陣がもじもじしたまま立っているなか、「せーの」と背中越しに高々と放りあげられたブーケがそのままホテルのカーペットに落下した結婚式を体験している新婦から、ほとんどブーケを手渡しされるようなかたちで受けとる。

同級生から、うみおめでとう、と声をかけられて、新婦とのツーショットを撮られる。転送して、と頼む間もなく、それが iPhone に届く。ブーケトスはめぐることが大事だから、式の予定があるうみにうけとってもらわないとね。

同じホテルのなかで開かれる二次会に移動すると、アミが遅れてあらわれる。たがいに手をあげ、軽いハグを交わす。ブーケとったんだ？　とアミがたずねるでもなく言う。引き出物の袋からはみでたシダ性植物や白百合が白いリボンで束ねられているのをみてアミが無言の笑みを浮かべる。人間のくちびるは黙しているときほど、よく動く。どういう笑みなのか、笑み、であるのかも、わからない。

アミは化粧品メーカーで香料の研究をしている。平常は研究のさまたげになるからと香水をつけない彼の首もとから今日はペンハリガンのジュニパースリングが香る。ドライジンの香水だった。アンゼリカやセイヨウネズの香りがアミの白いシャツにあっていた。

六本木にも百舌鳥《もず》がいるんだね。百舌鳥のはやにえが、ホテルの車寄せのそばの枝にささってた。青蛙《あおがえる》が六本木にいることの方が驚きだと私は思う。百舌鳥がどんな鳥なのか私にはわからない。雀《すずめ》に似てるやつだよ、と言われたところで、像がまるで結ばない。毛利庭園もあるしね、と私は曖昧《あいまい》に応《こた》え、二次会の受付に座る。うみは陸の生きものに関心がない、とアミが言う。

私は、アミが自分の夫であるという事実に、いつもたじろぐ。アミと私は来年結婚式をあげることになっている。式の日取りも決まっている。籍はすでに入れているから、実質夫婦になっている。それでも私たちはまだべつべつの家で生活している。暮らす場所は、アミが探している。

アミは高校の同級生だった。クラスが違うから在校時はたがいに会話をしたことがない。アミと私のあいだに、恋愛感情はない。むしろ恋愛感情がないことを確認しあってから私たちは婚姻届を出した。好きなひとと子供をつくるのはこわいというアミに、それならば私と交配しようか、と誘った。アミは肯《うべな》った。アミのことで、私が知っていることはわずかだった。氏名、生年月日、勤め先、つけている香水。好物は粥《かゆ》、とうふ、アンディーヴ。

なにもわからないまま半年が経った。まだ、くちびるもかさねたことがない。交配する約束だけしている。

新郎新婦の名前が書かれた大きな酒樽《さかだる》の前に二人がたち、柄杓《ひしゃく》に一杯ずつしゃくって、酒造メーカーの印が刻されたひのきの香りのする升に酒をそそぐ。新婦は大店《おおだな》の酒屋の娘だった。会場の壁を囲むように置かれた木製の椅子《いす》の背にもたれて友人と話していた。几帳面《きちょうめん》にアイロンのあてられた麻製のハンカチをだしたアミが酒で濡《ぬ》れた手をぬぐい、新婦のそばに寄って、おめでとう！　と升を高く挙げるのがみえる。

アミのそばには常に女性達がいた。すがたかたちの優美な鳥類の雄を思い出す。アミは複数人と同時並行して交際していたが、五つ年上のサトミさんという人のことを特別大切に想《おも》っていた。彼から何度も彼女の話をきいたことがあった。いまも彼女をいとしく想っているからこそ、私との結婚を彼は選択している。

アミは律儀《りちぎ》に私にハグをする。私もそれに応える。友人達の前では、より丁寧に私を抱きしめる。友人達にからかわれると、アミはにこやかに、だって俺たち新婚夫婦だから、と言う。妻であるからには申し訳程度でも愛さなければならないとアミは思っているのかもしれない。私は、いとしい、と感じたことのあるひとがいない。それは誰のこともひとしなみにいとしい、ということでもあるのかもしれない。なにとなく潮目に流されてアミにあった。それでたまたま隣にいる。

引き出物の紙袋を手に、タクシーに乗って家に帰ろうとしていた。車寄せで並んでいると、うみ、ちょっと時間ある？　とアミがたずねる。あるよ、と応えて、ふたりで一台のタクシーに乗る。とりあえず六本木通りをいってください、とアミが運転手に告げる。どこかで飲もうと話したまま、行き先が定まらない。たがいに日本酒が体をめぐっていた。座席のシートの少し饐《す》えた臭《にお》いにまざってただよう新婦から手渡された花束の青さが生々しい。白と緑の濃淡だけで構成された重たい花々。セイヨウオシダ、ユーカリ、白百合。西麻布の交差点のアイスクリームショップを通り過ぎる。半円分度器の形をした青白いネオンが光っている。祝日の夜で通りが混んでいるのを窓からみていた。手回し式の窓ガラスをすこしだけ開けようとする。

あの、ガゼンボ谷はどこですか

アミが運転手にいう。運転手は首を傾《かし》げる。我善坊谷《がぜんぼう》。もう一度アミが言う。こっちもよくわからないんですけど、近いですか

ごめん、うみ、バーじゃなくて、散歩してもいい？　でも、うみはヒールだからな。

アミが足下をみる。この八・五センチのハイヒールは一万歩は歩ける、と私は言う。

運転手は、車を寄せて、備え付けのカーナビゲーションに触れて近くの地名を確認する。今度は座席の脇《わき》から分厚い地図帳がでてくる。アミはしばらく携帯をみて、地図帳をめくろうとする運転手に、麻布台一丁目でおります、と言った。

アミと散歩をする、ということもはじめてだった。アミはタクシーのなかにいるあいだ空をみあげていた。月がかかっている。でも、それをみているわけでもないようだった。

一六二六年十月十八日、四百年前の六本木で大きな火葬があった。まだ、このあたりが麻布が原という地名で呼ばれていたころ、さっきまでぼくたちがいたリッツ・カールトンのあるミッドタウンの前には、徳川家二代将軍秀忠の妻だった江《ごう》姫の茶毘《だび》所があった
江姫。アミの話す江というひとが誰なのか私にはよくわからなかった。漠然と大河ドラマで江を演じていた主演女優の顔が頭に過《よ》ぎる。それもみていなかったから人物のことはなにもわからない。ハイヒールを脱いで足の指を開いたり閉じたりしながらぼんやり頷《うなず》いて、江姫って誰だっけ、とたずねるが、アミもまた、え、三代将軍家光の母だよ、浅井長政の娘で、織田信長の妹の娘で、茶々の妹でさ。続柄をしめすだけ

の答えしかでてこない。

桜田通りに出て、西久保八幡宮《はちまんぐう》の鳥居前についたところで、車を降りる。かつてここが仙石山のふもとであったと、アミが指をさしていう。梟《ふくろう》の啼声《なきごえ》が、黒々とした八幡宮の奥からきこえる。百舌鳥は知らないが、梟の声は知っている。神社を通り過ぎて、細道をまがると、急に暗い路地になる。アミが無言で歩きはじめる。

ふたりそれぞれに歩いている。路《みち》が目の前にあるから歩いている。立体文字で寺田モータースと書かれた建物の二階に、「囲碁」と白塗りのベニヤ板にペンキで記された文字が残っている。かつてそこに生活があったことを示している、ただ時間だけが滞留していた。人やかつて人であったもの、人のようなもの、人でないもの、生きものたちが通りすぎていった。そうした蠢《うごめ》きのいっさいがいまはない。

どこも空き家になっていた。いたるところにみえる「立入厳禁」の立看板。一帯を買い取った会社名が表記されている。廃屋の手水鉢《ちょうず》の水だけいやに澄んでいる。一軒だけ、蛍光灯の光が戸外に漏れていた。やたらとまぶしい。その店に入るとき思わず目をつむる。影が溶けるような光量の強さで、小さな商店らしいが、古新聞紙、布団《ふとん》、生糸、雑多に置かれてあって、どれが売りものなのかがわからない。小さな棚にも何か置かれている。光が強すぎるから、棚がみえすぎてなにが売られているのか、よくわからない。店先に看板もないから、さしあたり何屋なのか見当をつけようとあたりをみまわしていた。ほのかに青みがかったやたら大きな水槽からエアレーションの音が響いている。ゆらゆらとなにか生きものがいる。水なのに、腐敗臭に似た甘いにおいもしている。よく肥えた白い鯉《こい》が何匹も泳いでいる。水にすこしとろみがある。鱗《うろこ》まで発光して眩《まぶ》しい。鯉を数えてみる。七匹、水槽のなかでひしめいている。アミは、八匹だという。もう一度数え直そうとしてやめる。私たちは魚の数さえ、いつもすれちがう。粉ミルクの大きな缶が水槽のうえにのっている。どの鯉もみないちように白い。子供のころは稚魚だったのに、とアミが言った。アミは前にここに来たことがあるのかと思ったが、聞かなかった。雇われらしい年若い女の子が、ものにうずもれながら、もくもくと、すり鉢で練り餌《え》をつくる。何もきいていないうちから、ひとにさかんにきかれるのか、永井荷風の女の暮らしていた壺中庵《こちゅうあん》のあったところはここではなくて隣の家だと、やにわに言う。荷風さんは、夜になると、現在は泉ガーデンタワーの建っている敷地の一角にあった偏奇館を出て、坂を下り、壺《つぼ》のなかに閉じこめた女を愛しました。うた、という名の女でした。録音したテープのように永井荷風の話を告げて、また、女の子は、練り粉、粉ミルク、蜂蜜《はちみつ》、韓国語の書かれた缶詰のコムタンスープ、醤油《しょうゆ》色をした粘りけのある壜詰《びんづめ》の液体を、すくってはおとす。それをすり鉢で練っている。これ食べればすぐ肥《ふと》るよ。たしかによく肥えた鯉だった。白濁した鯉の餌《えさ》の甘いにおいと、鯉の鱗からでる分泌《ぶんぴつ》液のにおいが背の下に食いこんでくる。

荷風の女の家のあったところには、無花果《いちじく》が一本植わっていた。その木に実がなっている。木の下に大きな巣穴があいていた。それがシロアリの巣穴であるかもしれないと思ってしばらくみていた。蟻《あり》がでてくるのを待ったが、いつまでも穴からなにもあらわれない。もう巣穴に生きものはいないのかもしれなかった。

「殲滅《せんめつ》」ということばを知ったのは父がシロアリ駆除を依頼したときだった。

うみちゃん、パパが子供のころにしていた遊びだよ、と父がシロアリの巣穴の前で爆竹をみせた。

私の家の庭には、白いひじきのようなシロアリがときどきあらわれていた。彼らは植物遺体を食《は》んで生活している。地中に網目状の巣穴をはりめぐらせ、土に空気を運んで、循環させる役目を担《にな》う。シロアリにとっては住宅建材もまた植物遺体であることにかわりはないのだからただ移動して食む。父は、建てたばかりの家がこのシロアリに喰われるのではないかとことさら忌《い》んでいた。パパはときどきしか来ないのにパパのおうちみたいにいうね。私がなにげなくこぼしたことばに、父は険しい顔を浮かべる。

駆除という名目で父は爆竹を巣穴に押し込む。すぐに土のなかでけたたましい音がして、地面が揺れる。シロアリがわあわあ這《は》いずり出る。父が、でてきやがって、クソッ、クソッ、と声を荒らげ、お手伝いさんに磨かせた革靴で、蝟集《いしゅう》するシロアリをしきりにつぶしていた。

数日後、業者の老人が「これで殲滅ですよ」と薬剤を巣穴に塗布していった。

これでせんめつですよ
軍隊用語だね。アミが言う。

殲、という字をほどいてゆけば、ガツという偏は、肉をけずりとった骨のかたちをしている。歺、歹。ひとの白骨死体の象形。ホロフ、ホロホス、ツクス、コロス。多くのひとを、のこりわずかになるまでころす。ほろぼしつくす。小さく切りきざむ。細かく切ってつぶす。殲滅、殄殲《てんせん》、尽殲。いくつもの死体が一字のなかに転がっている。

ここは壺の底だからなんでもたまる。「立入厳禁」の廃屋ばかりつづく。さび止めの塗料がむきだしになり、枯れた蔦《つた》の這う壁面の色彩も剝落《はくらく》している。

家全体がネットに覆《おお》われている。庭木がネットを突き破り、山茶花《さざんか》、金木犀《きんもくせい》、萩《はぎ》、それぞれ、どの樹木も蕾《つぼみ》をひらきかけている。谷底に向かって落ちこんでゆく傾斜地にいる。さっきからまっすぐ進んでいるはずなのに、いまどこを歩いているのか確信がもてなくなる。アミは私のぶんの引き出物の袋をぶらさげたまま、崖《がけ》を削ったような急な坂をゆく。道をめくれば、その下からまたべつの道があらわれることを体が知っている。鱗のように、一枚ずつ、剝《は》がせそうだと思う。ここは東京大空襲のときも火がまわらなかった。坂上の荷風の家はあっけなく焼け落ちたのに。廃屋となって久しい家屋の瓦《かわら》は崩れずひっそりしている。隅に置かれた発泡スチロールの角に無数のひっかき傷がついている。植木は枯れているが、アロエだけが繁茂している。後ろから、背広すがたの、ズボンを少し腰におとした穿《は》き方をした男が近づく。左手に書類鞄《かばん》をさげて小走りで、切羽詰まった様子なのが、坂をおりる早足でわかる。すぐに近づくと思うのに、後ろを振り返るとまだ坂を下りている。追い越してほしいと思うが、いつまでも越すことがない。

高層ビルが異様な高さで光っている。架空線に猫がいる。十メートルはある電柱をどうやってのぼったのかわからないがそれはたしかに猫にみえる。アミに、猫がいるよ、と告げるが、アミはくしゃみばかりしている。速度をもって猫が通り過ぎる。白い腹が波うって、胴が長い。はちわれの黒白模様、金色の目でまっすぐ前をみている。慣れた調子で通り過ぎる。架空線は揺れもたわみもしない。ぴんとたてた黒い尾のさきが、わずかにふたまたにわかれているようにみえる。布団たたきのさきのようにも、ハートマークにも、みえる。あれが世にいう猫又なのではないかと思うが、声をだしたら、食い殺されるかもしれないから黙っていた。猫又は手拭《てぬぐ》いをかむっているのが常だからまだ猫又にはなっていないのかもしれない。電柱を渡ったさきの猫山に修行にでるのかもしれない。猫又になるには松の切り株のうえで眠り、松脂《まつやに》をなすりつけて毛をかたくしなければならない。もしかしたら火車になるのかもしれない。しかし猫が火車になるのは人によってだとも聞いたことがある。猫に火をつけて家屋に投げ込むと簡単に物が盗める。燃えながら猫は走りまわり、あちこちに火がまわって全焼する。白黒模様でも猫又になるのか、とふと思う。茶虎《ちゃとら》は妖気《ようき》を吸って猫又になりやすいと聞いたことがある。聞いたことがあるといってそれは誰に?

後ろにいたはずの男はいつのまにかいなくなっていた。通り過ぎもしなかった。

毛足の長い白い毛がくちにはいる。フウセントウワタの綿毛か猫毛なのか、わからない。アミがもう一度大きいくしゃみをする。廃屋の玄関先に、二メートルはある背の高いフウセントウワタがたくさん生えている。果皮が爆《は》ぜ、綿毛のついた種子がさがっていて、それが風に吹かれて飛ぶ。フウセントウワタが揺れる。猫毛もきっとまじっている。秋草の揺れるさまをきれいだと思うが、アミは空ばかりみている。遠くで、鶏の啼く声がしているとアミがいう。鶏の声はきこえない。梟ならばきいた、というと、うみに鳥類の声はききわけられまい、と返される。ふたりで耳をそばだてると何もきこえない。こんなに草の生い茂る秋の夜なのに。ときどき、隣にいるひとが誰であるのかを忘れる。

江が江戸城で没したのは、九月十五日。それから一ヶ月のあいだ遺体は増上寺に保存された。人間の身体《からだ》は長持ちしない。江の骸《むくろ》はたちどころに腐敗する。京都にいた家光が母のすがたをみたときは眼球などきっと朽ちきっていた。死してすぐ人体は生命維持から分解へとバクテリアの活動に移行する。体のやわらかいところからすぐに自家融解をはじめる。膵臓《すいぞう》から腐敗が始まる。四〇〇種類以上の揮発性有機物が混ざりあい、腸内細菌の臭いがたちのぼる。ガスと塩分に分解するバクテリアの活動が血液全体にまわりはじめ、腐敗膨張し、生命維持のために機能していた消化酵素や消化液が胃を溶かす。その朽ちゆくひとの臭いを、香木で、隠そうとした。

江姫が火葬されたとき、いっしょに大量の香木が焚《た》かれたんだよ六本木一帯、一キロに亘《わた》って、香木を焚いた煙が帯のようにのびていた日があった。そのことを知ってから、ずっと来たかったのだと、アミが言う。

葬列のために、増上寺から麻布が原まで、一千間筵《むしろ》を敷いた。さらに白布十反を敷き、一間ごとに竜幡《りゅうばん》をたて、両側に燭《しょく》を置く。きわめて荘厳《そうごん》な趣でかつて生きていたかたまりが焼けてゆく。

焚きしめた沈香《じんこう》は、およそ三十二間。三十二間という単位が、どのくらいなのか、ふたりともわからなかった。単位変換で58.176メートルとでる。五十八メートルといえば、東寺の五重塔やディズニーランドのシンデレラ城より高い。その束を、たったひとりの遺体をくべるために燃やした。

ゆりちゃん、という高校のクラスメイトがいた。大学三年生のときに、彼女は死んだ。ゆりちゃんの訃報《ふほう》を聞いて、私は通夜《つや》にでかけた。通夜の後、同級生が集まっている居酒屋に着くと、すでに個室は酒気を帯びていた。はじめてアミと話したのは、その居酒屋の席だった。アミは通夜には参列しなかった。十数人が集まり、喪服とリクルートスーツとにまざって、アミだけが平服だった。

葬儀の後、親族達の詰める斎場のテーブルで弾まない会話をしていた。ゆりちゃんに面立ちの似た三つ上のお兄さんに頼まれて、骨上《こつあ》げまでついて行くことになった。うみちゃん、と私の話をたびたびしていたと彼は親しげに話す。ビールを飲みながら、ゆりちゃんが焼けるのを待っていた。水分、たんぱく、脂肪、ミネラル。ゆりちゃんを構成していた六十兆個の細胞が火葬炉のなかで燃える。ゆりちゃんのシャツのあいだからのぞく胸元に青い筋がういていたことをうすく思い起こしていた。

高校二年の修学旅行のときに、広島の平和記念資料館に行った。貸切バスをおりて、公園で記念撮影を撮り終えてから資料館をみた。九十分間の自由行動だった。地下階にあった個室の優先トイレのなかにアミとゆりちゃんはいて、それを巡回していた警備員にみつかって、たちどころに先生に告げられた。優先トイレで、喫煙していた、キスしていた、制服すがたでまぐわっていた、半裸だった、いろいろな噂《うわさ》が瞬時にとびかい、すぐに伝播《でんぱ》された。憤怒《ふんぬ》と軽蔑《けいべつ》と困惑とが混濁した表情を浮かべた教員達が何度も円になって話し合っていた。怒号をあげる教師もいたが、怒っているというよりは哀れんで、眉《まゆ》を顰《ひそ》めていた。私たちはしばらくバスのなかで待たされた。

ゆりちゃんが、遅れて先生といっしょにバスに戻ってくる。アミは即座に東京に戻されて停学になった。ゆりちゃんは、窓をぼんやり眺めていて、からかいや詮索《せんさく》のことばに何の反応も示さなかった。身上の配慮なのか、ひとまずゆりちゃんは修学旅行をつづけていた。彼女が入部していたチアリーディング部の女の子たちが、ゆりちゃんに、にやけた顔でたずねるたび、ゆりちゃんは恬《てん》として応えなかった。

ゆりちゃんとはずっと同じクラスだったのに、ふたりで話したのは、修学旅行の何日目かの夜がはじめてだった。同室だったクラスメイトが男子の部屋に遊びにいっているなか、ゆりちゃんと私だけ、部屋に残っていた。

薄明かりのなか、彼女とふたりきりになるのもはじめてだった。ゆりちゃんは、夕食のかわりにフルーツグラノラを袋ごともって、すこしだけくちにはこんでは、雑誌をながめていた。みんな、ゆりがトイレでヤッてたって思ってるよね、とゆりちゃんは雑誌に目をおとしたまま言った。そうだね、でも誰も実際にみたわけじゃないから、と応えて、私は布団のなかに入る。おやすみと告げるタイミングを逸して、沈黙がつづいた。うみちゃん、とゆりちゃんが声をかけ、うみちゃんていいよね、薄情で。そうかな。好きな人とかいる？　いない。ゆりちゃんの顔が近づく。セックスしたことある？　ない。キスは？　ない。ゆりはぜんぶあるよ

彼女のくちびるが近づいて、おとなしくそれをうけた。くちびるが触れあうあいだ、たがいに目があいていた。ゆりちゃんの重たげな長い睫毛《まつげ》が頬にかすする。目は遠くに

あっていつまでもまじわらない。ゆりちゃんの薄いくちびるがひらく。それにあわせて私も薄くくちをひらいた。彼女の舌はあたたかくなかった。アミと私は、ゆりちゃんとくちづけをしたことがある。アミと私は、まだくちづけたことがない。

ゆりちゃんのくちびるが、八〇〇度の炉の中で燃えていた。火葬炉は人体のやわらかいところすべてをすさまじい速度で燃やしつくす。人体を構成していた、酸素、炭素、水素、窒素、それらが排気口からはきだされて、大気に流れてゆく。焼き場が稼《か》働《どう》しているあいだ、ビールを飲む手をとめて、手洗いのついでに表に出た。どこから煙がでているのかわからなかった。彼女の燃える煙が大気にのってゆく。やがてそれが雨滴になって落ちてきたりする。かつてゆりちゃんを構成していた原子のいくつかが、私の呼気にとりこまれてゆくだろうか。私たちは、なにかから継がれていてまたべつのなにかへと受けわたされてしまう。ゆりちゃんを焼くときにも、香木をひとかけでも添えれば彼女の焼けるにおいがわかったかもしれない。

生きていたゆりちゃんに最後に会ったのはいつだったのか思い出せない。ゆりちゃんが入院していてその病室に見舞ったことがあった。決して親しいあいだがらではなかったのに、ゆりちゃんは、検査入院の連絡をくれた。大学生になったばかりのころだった。学内ですれ違いざまに手を振ることはあっても、きちんと会うのはひさしぶりだった。検査入院、であることを彼女は何度も強調していて、それが人体のどの部位の何のためのものであるのかは、聞かないでくれ、というくちぶりだったから、私からなにかたずねることもなかった。共通の話題らしいものもないから、最近読んだ本の話をした。原子の総量は地球が誕生してから変わらないのだから、私たちの体のなかにはかつてバージェス動物群であったり恐竜であったりした原子がいくつかとりこまれていて、いま私たちを構成しているなにがしかも、またちがうなにかへと廻《めぐ》り渡されるらしい。私の原子のいくつかはかつてクラゲであったかもしれず、生きるということはあらゆるものを通りぬけさせつづけることだと、たしかそんな話を、氷の溶けたアイスコーヒーを片手にした。ゆりちゃんは黙っていた。私たちの会話はいつも弾まなかった。

高校生だったとき、一月の教室で、机に腰掛けてしゃべっていた。男、イルカ、パリス・ヒルトン、私は、クラゲに生まれかわりたいと埒《らち》もない話をしていた。そのとき、少し離れた席にゆりちゃんは座っていた。ナイロン製の学生鞄の校章の記されたポケットから鏡をとりだして、ランコムのジューシーチューブと称された粘性の高いリップグロスを薄いくちびるに塗っていた。シロップのような香りののったくちをうごかし、ゆり、なににも生まれかわりたくない、と鏡面ごしに私たちをみる。誰もなににも生まれかわりたくないよ、と思ったが黙っていた。ゆりちゃんからそれ以上のことばはなく、アミと別れて早々に付き合いだした大学生の彼氏からもらったという、ピンク色のカシミヤのマフラーを巻いて、教室をでていった。そのときのことを、病室の彼女がおぼえていたかはわからない。

帰りしな、ゆりちゃんに、当時よく聴いていた、Suicide の Dream Baby Dream を、ブルース・スプリングスティーンがオルガンだけで弾きがたりしている音源をおとした、USBメモリを渡した。ゆりちゃんは、ふーん、と言って、うみちゃん、私が好きなの、リアーナだよ、と言う。そのあとしばらくして退院したゆりちゃんから連絡があって、大学の近くのコーヒーチェーン店でお茶をした。検査結果はきかなかった。Dream Baby Dream を彼女がきいたのかもきかなかった。サークルのダンス公演のチラシをもらった。結局私はそれに行かなかった。ひとはつねにそれが最後だと知らずに別れてゆくから、そのときはそれが最後になるとはまるで思わなかった。

あー、どなたかガラス製品をお別れのときに入れたようで、ガラスが付着してしまってますね、と火葬場の職員が手袋をして骨を選り分けながら気疎《けうと》そうに言う。遺骨にまぎれて人間の骨とガラスとがとけて溶岩のようになっている塊があった。骨上げのときに、それをみなよけていたが、それもゆりの骨よ、とゆりちゃんのお母さんがいい、ガラスと骨とが溶融した塊を骨壺におさめた。人であったものと人でなかったものがくっついている。お棺にガラス製品をいれると炉の耐熱レンガにべっとりとこびりついて炉の損傷につながるんですよ、と火葬場の職員がきつい口調で親族にきこえるような声で葬儀会社の社員にあたる。若い子にしては思った以上に骨量が少ないねえ、と悪意なく声にする縁戚《えんせき》の男。お母さんが嗚咽《おえつ》して床に蹲《うずくま》った。声というより振動だった。おらぶ、という古語をかつて習ったことを、私は遠くで思い出していた。

壺の底にまだ私たちはいる。細い月も雲のなかに消えたのかいつのまにかいなくなっている。私たちはくらいものになってきている。アミのつけているセイヨウネズとアンゼリカの香りが、砂糖とカルダモンのような香りへと移っていた。その甘い香りが動作によって何気なく運ばれてくる。それだけ時間が経っているということだった。調香師が世界中のジンを飲み歩いてこの香りを表現したとアミが話したことがあった。その香りと、私が手にしている生花だけ、きみょうになまなましかった。十八世紀のロンドンではジンは死の酒だった。最安価の蒸留酒で、早く酔いがまわる。飲みすぎて失明したり、ジン中毒の女が赤ん坊に母乳をやりながらジンをあおった。この谷地にぴったりの香りだとアミは言う。ジンの香りは、海面に白い筋が細く長くひかれた船跡のように、うっすら大気に筋をひく。そのうっすらさだけが、アミがそこにいることを知らせている。香りはやがて消える。私たちに残された時間はあと何年あるだろうかとふと思う。時間は、私たちのなかにはなくて、時間のほうが私たちを食べつくして、ただ通りぬけてゆく。アミの体も、この身も、そう遠くないさきに、やわらかいところから朽ち、かたい骨だけがのこる。

空のむこうにはMのマークをかかげた高いビルばかり建っている。それがこの坂と地続きのようにはとても思えなかった。アミがなにも話さないから、隣にいるひとが誰なのかわからなくなる。呼吸音だけきこえる。足音さえあいまいになっている。香りがするからアミだと思う。アミ、と呼びかけようとして、そのひとがアミではなかったら困るので、黙っていた。アミもまた、私が誰であるのかわからず、歩いているのかもしれなかった。

火葬が執り行われた一六二六年十月十八日、その日は北西の風が吹いていた。ミッドタウンの前で、江の遺体が葦《あし》と炭火によって燻《いぶ》されながら燃えていった。五十八メートルにおよぶ沈香木の束がともに焚かれて野原に薫りが満ちる。首都高速三号線の上空、六本木ヒルズ、つるとんたん、ドン・キホーテ六本木店、そして麻布台一丁目のガゼンボ谷へと腐敗臭とともに香烟《こうえん》が空高く帯のようにつづいた。沈香木が、やわらかい薫りを吐きだし、燃えて、烟《けむり》のなかへと土地を引き摺《ず》りこんでゆく。

永井荷風がいとしいひとをたずねたという坂を、くだっているのかのぼっているのかわからないまま、歩いている。私たちはいとしい間柄ではないまま、歩いている。江戸時代は与力の住む地域だったから、犯罪者をこの谷に追い込んで捕まえたのだと、また急にアミがものを知ったように話す。アミのからだを通して誰かが話している。私たちはさっきから体になにかを通して話している。道に瘞《うも》れていた声が、私たちの器官を通ってなにかしゃべっている。誰の声、というものでもないのだろう。アミはずっと空ばかりみている。廃屋からトタンの樋《とい》を流れる水音がする。それは絶え間なくつづく。いつまでも流れつづける音がしていてかえって流れていることがわからなくなる。時間が横たわったまま堰《せ》き止められている。もうずいぶん歩いている。それでも足は疲れていない。私たちはずっと歩いていると思っているだけなのかもしれない。月は雲の影に消えたままいっこうあらわれない。わたしたちはますますくらいものになって歩いている。

薄《すすき》、萩、桔梗《ききょう》、なでしこ。空き地が薄野原になっている。アミが草を踏みしだいて歩く。四百年前の麻布が原を踏みしだいてゆく。みてみて、鶉がいるね、とアミが嬉《うれ》しそうに言う。よかったね。鶉の羽が薄とおなじ色をしていて、私にはどれが鶉かわからない。鶉といえば八宝菜に入っているか、山かけそばのとろろのうえにのっている黄みしかしらない。うみはつくづく陸の生きものに関心がない、とアミが思うように思ってみる。

知りうる限りの秋草の名前をみつけてはくちにする。薄、萩、桔梗、なでしこ。露草。薄を踏みしだいて。ここがどこだということもなくただここにいる。丈高い薄の穂にふれる。薄の穂。こんなに柔らかかったかしら、と思う。アミもまた薄の穂にふれる。こんなに柔らかかったかしらと思う。アミがほんとうにそう思っているかはわからない。思う。思わない。それはどちらも同じことだ。私たちは薄にずっとふれていた。たまたま薄があったから薄を愛した。歩いているように思っていたけれど、路にただ流されてきただけで、ここもまたひとつの潮目なのかもしれない。ふたりそれそれ、いつまでも薄の穂のやわらかいところを触っていた。猫の腹のうえに顔を埋めているようだと思う。もう猫又をみたことも忘れかけている。薄野原のなかにあっては、どちらの心がなにをどう思っているのかはどうでもいいことのように思えていた。あたりが金色に光っている。薄野原のあいだからアミの声がきこえる。アミの体は背の高い薄にすっぽり覆われている。虫の音がきこえるという。蟋蟀《こおろぎ》と鈴虫のききわけさえ私はできない。松虫の音に魅せられて草むらのなかを分け入ったまま帰らなくなったひとがいた。草を分け入るとそのひとは骸になっている。あまり遠くにいかないで、とアミを呼んでみようか。アミがいなくなったら私は泣くだろうか。考えたことがない考えだった。アミのうしろすがたがみえなくなる。金色のなかで空をみあげる。カラメルのような烟がのぼっている。アミがなにかしゃべっている。遠くで。その声がアミの声なのかわからない。

高校二年生の初夏、修学旅行の何日目だったかは忘れてしまった。

鉄板から湯気がのぼるのをみているだけで時間はいつまでも経ってゆきそうだった。

ネギかけ三枚、うどん、そば、うどん

ふつうの一枚

私も

そばで。うどんで

商業施設のなかの白い暖簾《のれん》のかかるお好み焼き屋に並んで座っていた。カウンターにいるほとんどが同じ学校の生徒だった。隅に座ってスポーツ新聞を読んでいたくたびれた背広姿の男が、ちいさな鉄のへらをしゃぶる。たえずひとが行き来しているから注文も叫ぶようにしなければならない。肺活量のある高校生の注文は、送風口から吐きだされる冷房やテレビの音、へらの金属音にもうもれず、すぐ届く。コーラ、ウーロン茶、オレンジジュース、てんでばらばらの注文がとぶ。クラスメイトの女子四人とさきに並んでいた男子たちと合流して、そろって赤黒い革張りの丸椅子に腰かける。話すことはたいしてないから、きのう結局何時に寝た？　えー五時くらい。それ朝じゃん、とか、眠すぎてうけるとか言って、写真を撮ったり、イヤホンを片耳ずつはめてMDウォークマンでカラオケで歌うための浜崎あゆみを聞いたりしていた。隣に座っていたマイコがLOVE BOATと書かれた渋谷の109の上階にあるファッションブランドで買った大判の鏡をひらいて、ポニーテールの位置を確認する。

マイコの生理が遅れていた。予定日から四日遅れていた。先々週のデートで一つ年上の彼氏が中出しした。先輩、それまではちゃんと外に出してくれてたんだよ。でも気持ちよすぎて間に合わなかったんだって。それ以来、マイコはずっと妊娠を心配している。コーラ洗浄を信じるほど愚かではなかったがアフターピルというものを知らなかった。健康な男女が排卵日付近にセックスをしたときの妊娠する確率は二〇〜三〇パーセント。この数字をみても実感がなかった。高校生の妊娠というのはどのくらいよくある出来事なのか、漫画やドラマの中でよくみかける程にはありふれた出来事なのかもしれなかった。生徒のあいだで信頼にたると思われていた家庭科をうけもっていた女の先生がいたが、正しいことしか言えないから教師になるのだとマイコは言い、相談することを拒否していた。だってまだ遅れてるの四日だし。話したところで、先生に付き添われて、産婦人科に行くにきまっていることはみなわかっていた。終わったあと指をなかにいれてすぐにシャワーで洗い流したけど、不安で眠れない。うみ、どうしよう。マイコから何度も、妊娠の可能性を不安に思うメールが悲愴《ひそう》な顔文字とともに送られていた。マイコに彼氏ができたとき、クラスメイト数人で明治通り沿いのコンドーム専門ショップに立ち寄った。イチゴかマンゴーフレーバーにしようよ、といって、味つきのゴムを渡した。どっちにしたのかはおぼえていない。なにこれうける。マイコは笑いながらうけとっていた。それはたしかゴールデンウィーク前だった。だからあれを使えっていったじゃん。いっしょにコンドームショップで商品を選んでいた、初体験を中学生のときに済ませた子が、損するのは女の方なんだから、ときわめて正しい言葉をふりかざすようにいった。修旅で緊張しているだけかもしんないし、落ちつきなよ。そうだよ七〇パーセントの人は妊娠しないんだよ。どの言葉も、それなりに正しいばかりで、誰の心にも届かない。

天満川、本川、元安川、京橋川、水路に囲まれた三角州、広島が水の都市だといわれるのは、バスでめぐっているだけでわかった。午前中は宮島にいた。カスタード、こしあん、チョコレート。とりあえず歩き食べをするためのもみじまんじゅうを買って、シカを撫《な》でて、シカの前で並んで写真を撮って、厳島《いつくしま》神社の廻廊でも写真を撮った。まだ六月だというのに平らな道に照る光は強く、眩しくて目をしばたたきながら制服の袖《そで》をまくって歩いた。揃《そろ》いで買った首からさげる携帯のピンクラメストラップが、歩くたびに、カチャカチャ音が鳴る。集合写真を撮るときだけはそれを外すよう担任が声をかける。ことあるごとに写真を撮りあう。あのときはまだデジタルカメラを持っている子よりも、インスタントカメラのフィルムを巻いて撮る子の方が多かった。そこらじゅうでジージー樹脂製の歯車の音がする。

昼食にむかう道すがら、いったんバスが停車して、道路沿いに植わっていた楠《くすのき》をさしていた。バスガイドがなにかものをいう。「また原爆か」、と最後列で炭酸飲料水を飲んでいた男子が極めて小さな声量でつぶやいた。横並びになった女子たちとメールのやりとりをする。マイコの妊娠のことだった。楠には、A-bombed Trees と書かれた札が下がっている。

鉄板の上に油が引かれる。隣にいたマイコがきたかもと私の耳元でささやいて、生理用品の入ったナイロン製のレスポのポーチを持ってトイレにむかっていった。マイコはラクロス部員だった。試合のときに走ると揺れてかわいいからといつもポニーテールに結っていた。アンダースコートがみえたときにお尻《しり》のラインがきれいじゃないといけないからと、いつもつま先立ちの筋トレをしていた。マイコが妊娠しているかどうか、ほんとうに心配しているひとはいったいどれだけいたのか、わからなかった。他の子もマイコを目で見送り、大丈夫かなー、とくちにしながら、ソックタッチをとりだして、蓋《ふた》がゆるんでいたのか糊《のり》が乾いて薄い膜のようになっている部分をぺりぺりと剝がしながら、白いハイソックスをとめなおす。私も同じように靴下をとめなおす。ソックタッチに意味はない。それをぬりなおす仕草がかわいいからそうしている。オレンジジュースのストローのさきを嚙《か》みながらテレビにうつる番組で正午を知る。暖簾の外で並んでいる他のクラスメイトをみつけて、男子が手をあげる。

小麦粉が鉄板のうえに流され、白く薄い皮ができる。キャベツがうずたかくもられ、粉鰹《こながつお》のにおいがする。湯気をみている。熱い水蒸気が冷えて、小さな滴《しずく》になる。その小さな自然現象をぼんやりみていた。お好み焼きのうえからはきだされる湯気の渦がおおきくなると、モンスーンや竜巻、雹《ひょう》になる。たしか、寺田寅彦《とらひこ》のエッセイにそんなことが書いてあったと思う。マイコ妊娠してたらまじでやばいよね。小声でささやかれる。でも最悪おろせばいいじゃん、と誰かがいう。私は応《こた》えるかわりに、オレンジジュースをくちにふくんだ。うみ、こっちむいて。横をむくとシャッターを切られる。思わず笑顔になる。過ぎ去ることが惜しいというようにシャッターを切る。ジージーと、樹脂製の歯車をすばやく親指でまわす。キャベツのうえの豚肉が一様に蒸されて、手早く、ひっくり返される。小麦粉とキャベツの甘いにおいがする。カープのお好みソースを、手際《てぎわ》よく、はけで塗る。テレビでは、笑っていいとも！がかかっていた。

個室トイレのなかから打っているらしいマイコのメッセージが届く。こない。マイコの生理は、数日後、倉敷の自由行動中にくる。妊娠していない可能性が一〇〇パーセントになる。そのことをその時の私は知らないしマイコも知らない。修学旅行でいちばん楽しみにしていた、大原美術館で展示されていたイヴ・クラインがみられないことも知らない。美術館のそばの蔦の生い茂る喫茶店エル・グレコにクラスメイトとラクロス部の女の子二人と集合した。マイコが泣いているから至急来てほしいといわれて、大原美術館の入口で踵《きびす》を返すことになる。そのこともまだ私は知らない。

銀のへらで焼いたお好み焼きを小さくつぶすようにくちに運びながら、私は、芽衣子さんからのメールを読み返していた。母のことを、他の人が呼ぶのにしたがって

「芽衣子さん」と呼んでいる。茶葉の買い付けでダージリンにいる芽衣子さんからのメールには、茶園に犀鳥《さいちょう》の群れがおりてきたことや、green pigeonのさえずり、深夜にかがり火をたいて女達が茶を摘む、そのすがたが克明に書かれてあった。芽衣子さんがじぶんのことや、家のこと、私のことを話さないときの、ただひたすら興奮したものをつづる筆致は好きだった。海外にいる芽衣子さんに会えないのはいっこうかまわなかったが、学校を休むたびに、欠席届の提出にはこまっていた。そのことをたずねてもいつも返事はなかった。無視をしているのではなく彼女はいつも忘れているだけだった。彼女が経営するレストランで働くペン習字を習っている女子大学生に頼んで、いつも書いてもらっていた。一ヶ月顔を合わせないこともあった。仲は悪くない、ただ芽衣子さんはいつもじぶんの快楽を追い求めることに忙しくしてしまう。

芽衣子さんからのメールには、音声データが添付されていた。朝の時間をおくります、とあった。鳥のさえずりとともに、男の声がきこえはじめる。少しひび割れた音が、ゆらゆらきこえてくる。アザーンというモスク礼拝を呼びかけるアナウンスだった。歌のような呼びかけだった。礼拝は睡眠にまさる《アッサラート・ハイルン・ミナン・ナウム》、とのびやかに繰りかえす。早朝五時前にそれはいかなる日にも流れる。それを時報にして起きているのだと芽衣子さんは書いていた。

私はいつのことを思い出しているのかときどきわからなくなる。ものの焼けるにおいとともに、湯気がのぼるのをみている。

アミとふたりで暮らすことになるマンションの一室に、ふたりの荷物を運び終えたときには、夜の八時をまわっていた。なにひとつ開梱《かいこん》できていないまま、とりあえず、アミと私は、食事にでた。開けてくれるサービスを頼んだ方がよかったね。そうだね。ふたりともなにかを選択すること自体が煩《わずら》わしく、てきとうに空いている店に入った。お好み焼きが好きなわけではなかった。

トマトとアボカドのサラダ、えのきのベーコン巻、それぞれ一枚ずつ、豚玉と広島風のそばの入ったお好み焼き。新居祝い。うみ、よろしく。乾杯して、二人とも疲労のため息を吐《つ》く。アミは、ゆっくり食べる。アミが喉《のど》を長く鳴らしてビールを飲み干す。無数の気泡がのぼってゆく。よく動く喉仏だった。ツツジの花は遺骨でみた喉仏に似ている。誰の遺骨でそう思ったか忘れた。ゆりちゃんの遺骨ではなかった。雨の日に、ツツジの白い花弁が濡《ぬ》れていると、たくさんの喉仏が咲いているようにみえる。骨とはいえ、かたちは仏なのだから、めでたい錯覚なのだと思うようにしている。

マンションに戻ると、アミが浴槽を軽く洗い流して、風呂《ふろ》をすすめた。湯をはることさえ億劫《おっくう》で、私がシャワーだけさきにすませると、入れ替わりにアミもシャワーを浴びる。どこもかしこも新築物件らしい塗料のにおいがしていた。誰の家でもない場所にいるようなよそよそしさがかえってちょうどよかった。

アミはタオルを腰に巻いて、ダンボールからTシャツをさがす。ごめん、こんな格好で。身体は少しだけ濡れている。アミの表情はいつも青白く、シャワーを浴びても身体は紅潮していなかった。窓をあけると、夜風が流れて、アミの身体からさっき浴室で使った固形石けんのビャクダンのにおいがする。同じにおいが自分の皮膚からもただよっている。こうして少しずつ私たちはにおいから同じ家の人になってゆくのだろうか。窓があいているとすこし肌寒い。アミがフローリングに横たわる。音楽聴いていい？　アミがiPhoneを操作する。

ざわざわした鳥のさえずりから、その音楽ははじまる。それが本当の鳥なのか、鳥を模したシンセサイザーの音なのかはわからない。広島できいたアザーンも、鳥類のさえずりからはじまっていた。The Durutti Column の Sketch For Summer を、初夏になると、アミは繰りかえしかけるのだと言った。マンチェスターの夏。Sketch For Summer の入ったレコードの初回盤はジャケットがサンドペーパーでできていて、それをひきぬくたびにほかのジャケットに傷がつくようにできていたこと、プロデューサーのマーティン・ハネットのリズムマシーン、ヴィニ・ライリーのつま弾くギター音とディレイのことを、アミは話す。会話にこまらないように、固有名詞がつぎつぎにでてくる。水面に反射する夏の光が音になって流れている。懶《ものう》いのか、眠いのか、よくわからなかった。私たちはまだベッドを買っていなかった。たがいの家から持ちこみもしなかった。ベッド買わないとね。かたいとかやわらかいとか、うみ好みある？ サイズ、どうしようか。私たちはひとつのベッドで眠るんだろうか。どう眠ったらいいのか二人ともわからなかった。

リズムマシーンの奥で、蟬《せみ》も鳴いている。それが重なってきこえると、アミに私は言った。蟬？ アミは目を閉じる。アミは黙っていた。

アミが明日買うものを iPhone にメモする。うみ、明日は、なにたべたい。はじめてする会話だった。私がこたえるまえに、アミが、冷奴《ひややっこ》、もめんどうふ、と言った。冷奴、いいね。そらまめ。みょうが。いいね、みょうが。アミがくりかえす。明日、ぼくがつくるよ。アミは二人きりになると一人称がぼくに変わる。それは最近気付いたことだった。アミ、ありがとう。こうして一日が終わってゆくように私たちの時間はすり減ってゆく。マンチェスターに蟬はいるのだろうか。アミは、蟬の音は入ってないよ、と笑う。冷たいフローリングにそれぞれ身を横たえて、夏の音を聴いている。

アミとの結婚式を控えていた。いままでほとんど生活をともにしたことのない父にも、日取りだけは報告していた。てっきり欠席すると思っていた父から、式が迫ったころになって連絡が来た。

曲がりなりにもパパだし、やっぱうみちゃんのウェディングドレス姿みたいなー。行ってもいいかな？

軽いメッセージだった。それに感情が波立つこともなかった。

いいよー。でも、いちおう芽衣子さんの意見聞いてからね。

父の席が円卓にひとつふえるだけのことだからかまわなかった。

パパと、バージンロードは歩かないけどね！

えー（｀Д´）

えー（笑）

父にそう返して、やりとりは終わった。私とアミはなんとなく潮目に流されるように結婚をする。父と母の結婚もまた極めて軽いノリで結ばれたものにちがいないのだった。極めて軽いノリで子供をつくって、家庭生活は崩壊した。それでもふたりはいまだに籍を入れつづけている。

芽衣子さんにはすぐに父の席がひとつふえる旨《むね》をメールで伝えた。ほとんど生活をともにしたことがないのは、芽衣子さんとて同じだった。芽衣子さんと同じ家に住みつづけたが、彼女とゆっくり母と娘として過ごした記憶はない。仕事の話をしているときがいちばん彼女を近くに感じる。母娘《ははこ》の関係はぎこちないまま、大人になった。数日後、父からは、紅白結び切りの印刷された熨斗《のし》で巻いた、金彩のやたらと施されたバカラのグラスが五客セットで届いた。誰の好みでもなかった。仕事のついでに用意して贈ったような、考えなしのものだとすぐにわかった。たがいの家の名が、壽の字とともに達筆な毛筆で並んで書かれてある。別にいいんだけどね、両家の名前書くのって引出物の書き方じゃない？　とアミが言う。パパは何も考えてないから。壽という字ばかりみているとそれが呪《まじな》いがかってみえる。私たちは何を祝福されているのか、よくわからない。グラスはそのまま戸棚にしまった。

三日ほど返事の来なかった芽衣子さんから届いたメールに、結婚式の話は何も触れられていなかった。氷河期のころの海抜は、いまの海面と、どのくらいの高低差があるか知ってる? 父に関しての返答がないのは、好きにしていいよ、という意味であるとうけとって、父の席をつくった。芽衣子さんはアレクサンドリアにいた。恋人とうつる写真が返答のかわりにつづく。アレクサンドリア生まれの詩人ウンガレッティの詩集を恋人にすすめられて読んでいることや、アレクサンドリアの海底遺跡の引き揚げ写真、ファロスの灯台の復元図、エチオピア高原で降る雨がナイルに肥沃《ひよく》な土を運んだことや、数万年前の氷河期の話のことが、熱い筆致で書かれてあった。いまより海抜は一二〇メートル低かった。そうなんだ。芽衣子さんは二万年前のことに夢中で一ヶ月先の式には関心がない。

芽衣子さんの奔放さに傷ついたのは十代までだったろうか。彼女に期待しなくなったから、昔の辛《つら》かったことも忘れてしまった。辟易《へきえき》しているのは娘ばかりで、芽衣子さんの周囲の男たちは、彼女のふるまいに巻き込まれることを、どこか愉《たの》しんでいるふしがあった。芽衣子さんは最近恋人《ボーイフレンド》が変わった。いまの恋人と、つい最近まで付き合っていたひとりまえの恋人、そのまえの恋人、学生時代の恋人も、円卓に名を連ねている。別れた後もかわらず仲が良かった。みな仕事で関係しつづけているのがふしぎだった。みんなうみの結婚がうれしいみたい。そう芽衣子さんが言って元恋人たちに報告する。芽衣子さんとの関係のみならず、恋人たちは、恋人たち同士でもまた仲が良かった。酔っ払ったひとりまえの恋人が、今度元カレ会でもしますか、と笑いながら、はじめて会う昔の恋人と名刺を交換するのを会食の後にみたことがあった。私があずかりしらないかつての恋人も、これからさきの恋人も、列席者のなかにいるのかもしれなかった。

芽衣子さんと連絡がとれないときは、会社の人にきくか、Facebookをみる。投稿で、芽衣子さんがアレクサンドリアにいることは知っていた。海岸沿いのシーフードレストランに彼女は座って微笑《ほほえ》んでいる。停電中だというアレクサンドリアのレストランには、さまざまなおおきさのキャンドルがたくさん点《とも》っている。

メールにも、停電が終わったら送信します、と書かれてあったから、きっといまは停電があけている。それともすでにつぎの停電のさなかなのかもしれなかった。

父に会ったのは、桜の名残のころだった。昼時に、鮨屋《すしや》のカウンターに並んで座った。アミとの結婚式を初夏にあげることを伝えると、うみちゃんおめでとう、とかたちの整った歯列をむきだしにした父が満面の笑みで私を抱きしめた。パパには気を遣わなくていいから、とそのときは言っていたから、呼んでくれるなという意味だとうけとっていた。

父の知り合いらしい板前さんから、おめでとうございます、と頭を下げられる。父がおしぼりで入念に手を拭《ふ》く。めでたいですよー、実に。暢気《のんき》に笑う。前に会ったときは、父は太めのリブのタートルネックを着ていて、土瓶蒸しを並んで食べていた。つぎはアミと三人で食事をしよう、とたがいに言いながら、いまだにそれは実現していない。

父と私はたいてい昼に会う。それなりに上等な店で食事をとることにいつのころからかなった。会う数日前に、うみちゃん、何が食べたい？　と聞かれる。おいしいものが食べたい、といつもリクエストした。おいしいことは上等であることよりはるかに大切だった。おいしい、とだけ言い合って時間が経《た》つ必要があった。カウンターなのも、たがいの顔をまんじりとみずにすむ。勘定はいつも父持ちだった。父は私の養育費を払ったことはない。だから、どうせならうんと上等なものを食べさせてもらおうと思ってから、父がときどき芽衣子さんにいくらか無心していたのをお手伝いさん同士のうわさ話できいたことがある。芽衣子さんのお金で私たちはおいしいものを食べているのかもしれなかった。左前の時期もあったようだが、いまの父はファッションブランドのPRの仕事が好調なようすだった。父がする仕事の話は、固有名詞が多くて覚えきれず、たいていは自慢話なのですぐに忘れる。ファッションの話はきらいではなかった。マックイーン死んじゃったね、とか、ラフ・シモンズいいね、とか、そのときどきの話題をめいめいくちにして、身につけているものをこれかわいい、とたがいにほめ合っているうちに時間が過ぎる。私たちに、特別話し合うことはない。知りたいことも互いにない。

父でありたい、という心が何とはなしに彼のなかにあり、役割があることは人を生きやすくさせるから、その役割をあえて二人とも担《にな》っている。極めて軽いノリでつくった子とその父とが、それなりの軽さを保ったまままうまくやってゆくのにはたがいの努力が必要だった。

筍《たけのこ》の木の芽あえ。春菊のお浸し。そのあとに鮨を食べた。うみちゃん、パパ、とたがいに呼び合い、昼から酒を酌《く》み交わす。仲良しですね、とたがいの店の人に声をかけられる。父はきまって、ぼくに似て美人でしょう、と応える。

父は、芽衣子さんではないひととのあいだにも子をなしていた。その子たちの養育費がどうなっているのかしらない。会ったこともないからときどきほんとうは存在していないのではないかとふと思う。昔から、その二人の娘が不美人であることを、強調する。うみちゃんは美人。だから、いちばん好き。ぎょっとするようなことを父は

平気で言う。私も、極めて軽いノリを保って応える。私もパパが好きよ
食べるペースはそろわないが、ふたりともさよりが好きだった。それがとても嫌だ
った。芽衣子さんと父がいつまでも離婚をしない理由はしらない。父の部屋は二十年
以上家にありつづけている。
人の足取りに流されて、帰りに、ふたりで桜をみていた。ソメイヨシノは散りかけ、
花びらがしきりに地面におちる。桜のいいところは、きれい、とたがいにくちびるを
動かすだけでいいことだった。今日は、おいしいときれいだけを言い合えたからとて
もよかった。
父も私もソメイヨシノをみている。きれい。きれい。きれい。おいしかったね。お
いしかったね。私だけが思っているのか、父もそう思っていると私が思っているだけ
なのか、思いながら、わからなくなる。
チェルノブイリのころも桜が咲いていた気がするけど、違ったかなー。うみちゃん
がおっぱいのんでたとき、粉ミルクは絶対のませないって、芽衣子さん、でないおっ
ぱいを搾《しぼ》ってたね
そうだっけ
知りえない記憶だった。私はチェルノブイリの原発事故の年にうまれたことを、父

のことばで思い出した。父も赤子だった私を抱っこしていたのかと思うと、薄気味悪かった。

ソメイヨシノの下にいると、ときどき道明寺の匂《にお》いがする。桜の葉にふくまれるクマリンという成分の芳香臭であることを、私はアミから教わった。アミはソメイヨシノの木からそのまま匂いがすることはあり得ないと言った。塩漬けにしてはじめてクマリンはその匂いになる。それでも、ソメイヨシノの花の下にいると、その香りが漂うことがある。

鮨屋で、父から、新しい車を買った話をきいた。

まだ私がランドセルを背負いはじめたばかりのころ、父は珍しく家に来て、新しい車にうみちゃんをのせてあげる、と彼の車にのせられたことがあった。ドライブをしたのはその一回きりだった。このさきもあるとは思えなかった。車高の極めて低い赤いポルシェだった。窓にきりなく桜の花びらがあたった。オープンカーにしていて、人が通りすがりに車をみるさまを、父が横目にみていた。桜並木をぬけて、喫茶店に連れて行かれた。振動の強い車に揺られて車酔いをしていたが、父が、シュークリームとカスタードプリンを注文するから、おいしいね、と言いながら、ふたつとも平らげた。うみちゃん、くいしんぼうだなあ。彼は満足そうに笑う。帰りしな、真新しい革のにおいと振動がきつくて、嘔吐《おうと》した。吐くときに両手でうけとめたが、手のひらからそれはゆうにあふれた。ぶよぶよになったシューの断片とカスタードクリームと紅茶が胃液に入り交じった、ぜんたいてきに黄色い液体になってスカートやあしをぜんぶ濡らした。あたたかくて苦かった。シートにもあふれた。よだれの糸をくちのはしに引いたまま、しずかにうずくまった。きたねッ。父は、舌打ちをして、車を脇《わき》に止め、意味のない問いかけだと自分でもわかっているようだけれど止められないように、うみちゃん、なんで吐くの、と語気を荒らげた。お行儀悪いよ。父の目には殺意のような昏《くら》さが宿っていた。父のような昏い目つきの男に惹《ひ》かれる女たちがいることを、いまは知っている。父のその目が、彼の魅力になっていることも、知っている。声を出したいが喉がひりひりして黙っていた。スポーツカー特有の、車高の低い、シートだった。すぐさま近くのガソリンスタンドに入り、父が店員に苛立《いらだ》った口調で事情を説明する。私はお手洗いで顔と手、嘔吐物のついたスカートを洗って拭《ぬぐ》った。すっぱいにおいが服にしみこんでいる。便器を洗う漂白剤をかけて、スカートにおおきなしみができて、それで泣いた。父はそのことをまだ覚えているだろうか。

結婚式は体力勝負ですから、お身体《からだ》気をつけて、すばらしい式をおむかえください！　黒いワンピースを着た店員がうっとりした表情で、お辞儀をする。式を三日後に控えて、ドレスショップで最後の採寸を終えると、同じ店でシャツの直しを頼んでいたアミがやってくる。私たちは、たがいの身体を軽く抱きしめあう。いつも仲良しですね、といわれる。アミが、もちろん、と応える。

アミがウィングカラーのシャツを念のためにと試着する。私のウエストのサイズは二センチ細くなっていた。多くの花嫁が、気疲れで痩《や》せるのだときいた。アミが、おとうさんのせいじゃないの？　と軽口を叩《たた》いて、シャツの首回りを確認する。

笑顔で送りだされながら、エレベーターの「閉」ボタンをおす。店を出ると、あたりが暗かった。少し蒸しはじめている。アミがシャツのボタンをさらにひとつ外す。降りそう、というつぶやきよりはやく雨がぽつぽつ降りはじめる。日傘しかなかったから、とりあえず仕方なしにそれをひらく。白い布に雨があたる。うみ、いれて。アミも傘のなかに入る。タクシー拾おう。車道に近づいて空車を待っていた。私たちは相合い傘をしてタクシーを待つような間柄にいつなったのだろうとぼんやり思う。思っているだけなのにアミが、ノリでだよ、といった。軽いノリ、ぜんぶそうに違いないのだった。雨脚が強くなるのに、私たちは、布傘の柄にふたり手をそえたまま、タクシーが来るのを待った。アミの方が背が高いから私が柄を持つ必要はないのだが、そのまま私も持ちつづけた。雨がしきりに降る。布傘にあっという間に黒っぽい雨じみができて水が伝い落ち、私たちの身体は濡れはじめる。傘をさす意味などほとんどないのに、それでも布の傘をさしつづけている。急いで走って、道のさきの、コンビニの六百円のビニール傘を買った方がいいのに、それをせずにいる。アミと私は傘の下で立っている。雨はぬるいくらいだった。梅雨入りしたのかな。いまさっき着ていた、真っ白いマーメイドラインのウェディングドレスの、幾重にも這《は》わせたコードレースの糸が、空から垂れてくる。細く長く撚《よ》りあわせた動物繊維特有の光沢だった。デニールの細い絹糸でいくつもの花の刺繡《ししゅう》されたモニーク・ルイリエのドレスの糸が、ほどけて、垂れて、落ちてくる。雨のように糸が降る。糸が傘を伝って落ちてくる。傘の露先に、くるくると糸が巻かれる。白い雨だった。傘をさしていてよくみえない。あしもとが白くなる。こういう雨をなんというんだったか。糸雨《しう》。細雨《さいう》。アミがいう。いとさめ。それは霧雨のことではなくて。それは秋雨のことではなくて。アミとわたしはタクシーを待っている。長い線状のたんぱく質の雨。フィラメント。筋肉や繊毛と同じ構造の雨。蜘蛛《くも》の糸。It rains cats and dogs. 猫が落ちる。アミがいう。猫又が降ってくる。どしゃぶりになって、絹鳴りが響き渡って、たがいの声がきこえない。雨が糸になって降りつづいていた。白かった。粘っこくはなかった。白すぎてあたりがみえないからタクシーがみあたらない。タクシーも私たちが立っていることに気づかないのかもしれない。一七〇二年九月の江戸に降った糸の雨を思い出す。あのときは、もうすこし番手の太い綿だった。切ろうとして切れない雨だった。縒《よ》りの強い雨だった。元禄十五年だった。それは赤穂浪士が討ち入りした年じゃなかったっけ。芭蕉のおくのほそ道が刊行された年じゃなかったっけ。芭蕉が死んだのってもっとまえじゃなかったっけ。こっちの雨は光沢があって、もつれそう。すべてのものがからみあい、もつれあう、雨だね。アミはいう。それも知らない記憶だった。私も頷《うなず》く。空車のタクシーはいつまでもこない。傘の柄が糸で濡れる。糸がからみついて、ふたりの手がからまる。きりなくおちてゆく。狐雨《きつねあめ》じゃないね、曇天だから。黒い、煤《すす》けた、重たい、ねばった雨も降ってきたことがあったね。どっちがいっているのかわからない。でも降ったことは知ってる。糸の雨、黒い雨。いろいろ。これからまた降るね。外出はひかえてください。雨が降っても、健康に影響はありません。ご安心ください。雨がやんでから、外出してください。雨に濡れても心配はありません。数年前の春雨のときもそんな警報が鳴っていた。それはとうめいな雨だった。とうめいだからよけいにこわかった。いつもの雨となにもかわらないからこわかった。ほんとうになにもかわらないという人もいた。セシウム。ベクレル。そういっていた。文言が天気図といっしょに流れていた。真夏の、光化学スモッグ注意報と同じ女の声で、きこえた。忘れちゃうね。いろいろ。忘れちゃうね。そう。誰が。親骨のあたりに白い糸がからみあいつづける。相合い傘から離れられなくなっている。どうしていつも警報の女の声は同じなのか。ちいさいころから、ずっと、もう何十年も変わらない声にきこえる。何十年も先の声にきこえる。未来を思いだすように思ってみる。外出はひかえてください。雨が降っても、健康に影響はありません。ご安心ください。雨がやんでから、外出してください。雨に濡れても心配はありません。警報が鳴っている。糸雨が露先にも柄にもからんでいて相合い傘をやめられなくなっている。私とアミはタクシーを待っている。

アミの帰りを待っていた。早く帰ってきた人が料理をつくることに自然ときまっていた。今日は鰯《いわし》の梅煮をつくった。アミの方がはるかに献立づくりがじょうずだったけれど、私がつくるときまってアミは、おいしい、と言う。

いつも八十八夜の里がある。それは芽衣子さんからきいた話だった。奈良の方に、八十八夜をむかえつづける茶畑があって、そこでは盆暮れ問わず日がな皆で茶摘みをしている。その茶園に行ったことがある。そう彼女は言っていた。芽衣子さんからその話をきいたのはいつのころか忘れてしまった。みりんくささのぬけない卵焼きを食べながらだった。芽衣子さんはレストランの経営もしていたが、彼女の手料理はとても食べられたものではなかった。黒くなるまでゆでられたほうれん草、水気がでてべしょべしょになった紅鮭《べにざけ》とキャベツの炒《いた》め物、みりん味の卵焼き。彼女の手料理というと、それればかり浮かぶ。彼女は、いつからかトーストを焼く以外のいっさいの料理をしなくなった。今日つくったのは、鰯の梅煮、わかめのみそ汁、二品つくっただけでどっとつかれる。いずれもレシピをインターネットでみてつくっているだけで、教わった味ではない。五月の春わかめ。レシピサイトでおすすめされたからつくった。

立夏のころになると、きまって、実家の庭先にアオダイショウがでていた。陽をうけ、青緑色の太い胴をうねらして通り過ぎる。蛇は家のヌシだと聞いたことがある。こんな守りがいのない家にも蛇は出るのだから、守り神というのは平等なものだと思った。蔦《つた》のあいだにいるかと思えば、芝のうえを陽をうけて速度を持って通り過ぎる。それがきれいだった。

アオダイショウよりも家に立ち入ることの少ない父が、庭先でたばこを吸っていたときに、アオダイショウがそばを通り過ぎる。彼は殺虫剤を狂ったように噴射し、その殺虫成分を自分の呼気にとりこんで、むせる。生きることは攻撃することなのだと、父のすがたをみて思っていた。平生人を襲うことなどないといわれるアオダイショウなのに、以来人間をみると、舌を出し、上体を持ち上げて威嚇《いかく》するようになった。芽衣子さんに、うみちゃんが嚙まれたらどうすんだよ、と彼は駆除を頼むよう言っていたが、アオダイショウは毎年あらわれつづけた。信心深かったお手伝いさんが駆除業者を呼ばなかっただけなのかもしれない。そのうちにますます父は家に寄りつかなくなり、芽衣子さんは自分の庭先にでる蛇のことなど覚えてはいなかった。アオダイショウは、私をみると、必ず、威嚇した。ヌシは家を救いもせず、守りもせず、ただそばにいつづけるらしかった。

家に恒例のアオダイショウがでた。

アミにメールをしたのはどうしてだったのか思い出せない。ゆりちゃんの通夜《つや》の夜、居酒屋の廊下ですれ違ったアミに、つけていたサンタ・マリア・ノヴェッラのパチュリの香水を、そこのメーカーのではないかと問われて、われわれの会話がはじまった。死体や大麻を密売するときに警察犬の鼻をきかなくさせるためにパチュリをつかうのだとアミが笑いながら言った。きみはなにを隠しているのかとたずねられているようだった。帰りしなにメールアドレスを交換して、それでもたしかそれきりだった。

大学から戻ったら、玄関の脇に、アオダイショウの子供がいた。孵化《ふか》してそう日のたっていない幼蛇で、人の気配を感じて傘立ての隅でとぐろを小さく巻いている。巻いた胴のあいだから目をひらいたままじっとしている。さい箸《ばし》でつつきながら洗濯ネットに追い込んで蛇をいれてしばらくみていた。手のひらにおさまるほど細長くまるまっていた。赤ちゃん蛇捕獲、かわいい。みにくる？　夜更《よふ》けになって、アミから、みたいけどいつならみれる？　と連絡がきた。近くの公園に蛇を放すのに付き合うとアミは言い、明け方に、待ち合わせた。家の近くの、代官山の鎗《やり》ヶ崎《さき》の交差点で会った。ネットの中でうずくまる蛇を紙袋にいれて、そっと持って行った。アミは自転車できた。白い艶《つや》のあるマウンテンバイクだった。ごめん、お待たせ。ずっと昔からこうして会っているような挨拶《あいさつ》だった。鎗ヶ崎のそばの目切坂に、フェンスの張り巡らされた雑木林があった。そこにふたりでよじ登って、蛇を放す。ヌシなんでしょ？　いいの？　とアミがたずねる。いずれにせよ近いうちに家は滅びるからかまわなかった。アミが、アオダイショウの子供ってはじめてみた、とネット越しに鼻を近づけて、青いにおいがするかどうかをたしかめていた。アオダイショウの粘膜が洗濯ネットに絡《から》んで銀色に光っていた。アオダイショウってかわいいね、とアミが言う。風が吹くとまだ少し肌寒いことが心地よくて二人で雑木林を歩いた。

アミは残業で遅くなるらしかった。アミの分のごはんだけ冷蔵庫にしまった。ひとりでごはんを食べるのがいちばんほっとする。ドアの外から音がきこえると、アミかと思う。昔は芽衣子さんの歩く音がしないか、玄関に耳をかたむけていたことがあったと思う。ダージリンから戻る芽衣子さんの帰りをずっと居間で待っていたことがあった。小さな頃は母の帰りをたのしみにしていた。

お手伝いさんは来ていたけれど、いつも彼女は気ぜわしくしていて、遊ぼう、と声をかけるのは気が引けた。祖父母は、おもちゃはたくさんくれたが、それでいっしょに遊んでくれはしなかった。お勉強しなさい、といわれるだけだった。庭さきの石にチョークで絵を描いていた。夏も近づく八十八夜。芽衣子さんといっしょに歌った歌はこれひとつきりだった。手遊びをつけて歌えるようになったから、芽衣子さんの手を待っていた。

そのうたなあに

茶摘み歌

私の手をとって、せっせーせーのよいよいよい、と芽衣子さんが手をにぎりながら節をまわす。要領を得ずに、ぼーっと手をにぎられたままにしていると、芽衣子さんが高い声で、ゆっくりと、なつもちかづく、と茶摘みを歌いながら、うみ、手だして、と芽衣子さんの手と私の手を合わせる。ふだん滅多に触れあわないから、彼女と手を合わせることが気恥ずかしかった。なによりうれしいとあのころは思っていた。

八十八夜の里の話をきいたのはそのときだったか。その茶畑のお茶をのむと不老不死になる。とっさに、絶対のみたくない、と思った。芽衣子さんはその茶をひとしずく飲んだのかもしれない。彼女はいつも肌がつるりとしていて少女のようにもみえた。私が死んだ後も彼女は生きつづけるだろうという確信があった。ダージリンから戻ってきたら、芽衣子さんと茶摘み歌の手遊びをする約束をしていた。結局、彼女との約束がはたされたのかはおぼえていない。待っていた記憶だけがある。

里ごとにいろんな茶摘み歌がある。そう言っていた。芽衣子さんにもっと茶園の話をしてほしいとずっと思っていた。たずねたかったが、彼女と話すことで大切な思い出が失われそうで、傷つくことを避けたいとも、同時に思っていた。

室内灯にひきよせられて来た壁の隅のヤモリをアオダイショウがねらっているのをみたこともあった。ヤモリはそのまま動くこともなく、目も動かず、静止していた。喰われていることに気づいていないような穏やかさだった。ゆっくり蛇ののど元へと消えて、アオダイショウの胴がふくれる。家を守るヤモリをヌシが喰う。そのままアオダイショウは茂みに隠れていった。

いっしょに朝ご飯でも食べようか。蛇を放したあと、アミと私は、朝から、チンタオビールを飲んだ。恵比寿駅の近くにあった、二十四時間営業の中華料理屋カフェイトで、ピータン粥《がゆ》と豆苗《とうみょう》炒めを頼んだ。北京《ペキン》ダック専門店だから、ついでに、ふたりでそれも頼んだ。平日の朝六時すぎで、店内には、うだつの上がらなそうな背広姿の中年男に泣いたままへしがみついて離れない同じくらいの年の女がいるだけだった。店員は携帯をいじっていた。朝陽が店内にさしこんで、しょうゆさしやビニールカバーのかかったテーブルのすべてが光にみちていた。ウイキョウの香りの強いピータンの青ぐろいところを湯匙《れんげ》で押しつぶしながら、くちに運んでいた。つきあっている彼女がバレエをずっとならっていて、シニョンの結いすぎでおでこが広くなったことを、アミがいとおしそうに話したあと、ぼく被爆三世なんだけど、とアミが言った。だからどんだけ好きでも結婚しないし子供もつくんないって決めてると言った。相手がどうっていうより、ぼくの問題。そのときは福島の原発事故が起きる前だったから、被爆ということばの実感がわかなかった。そうなんだ。染色体がすぱすぱ切れる動画を広島の平和記念資料館でみた、とくちにした。言った後で、アミが気を悪くするかと思ったけれど、アミは大きく頷いて、そうそうと言って、たまごをつぶしながら食べた。修学旅行で倉敷に行ったのに、大原美術館に行かれなかったな。イヴ・クラインをみたいとずっと思っていたのに、結局みられなかった。ぼくも大原美術館行ってない。まあ、東京に強制送還されたからな、あのとき。そうだったね。あの日の自由行動中にマイコに生理がきた。大原美術館に入ろうとすると、マイコ先輩と別れるってと喫茶店に集合することになって、私は何もみられなかった。そのまま蔓性《つるせい》植物で覆《おお》われた古い喫茶店に入った。先輩に、生理が来たことをマイコがメールすると、セーフという返事がすぐ返ってきた。マイコがつづけて何通もメールを送るがそれきりだった。天井の高い喫茶店の室内に陽がさしこみ、私はマイコの話を聞きながら、ストローのさきを軽くかんで、上げ下げ窓をみていた。窓のむこうはいつも何かがはじまっているようで、それをみているだけでよかった。先輩とはどうすんの、まじでもう別れるよね、ありえない、おそろいで買ったティファニーのペアリングをどう処分するか。誕生日プレゼントまで待てなくて、先輩に買ってもらわず、リングを折半して購入したことがいちばん口惜しい。失恋した以上に非難がましい口調でそのことをマイコはくちにする。窓外の蔦の葉が揺れていた。茂っていた。こまかく揺れぬるい空気が入ってくる。

高校時代のクラスメイトに会って、昼食をともにしている。

私を含めて六人の食事会だった。数年ぶりに会う人もいた。うみの結婚をお祝いしよ。マイコから、ハートマークの動くメッセージが届いた。結婚式に呼んだ子もいれば呼ばなかった子もいた。丸の内にある高層ビルの三十五階にむかっていた。待ち合わせのために丸の内仲通りを歩いていた。日よけのためにかぶっていた帽子のうちに熱が籠《こ》もって蒸れているけれど脱ぐことも厭《いと》わしくてそのままにして歩く。ただでさえ猫っ毛の髪が、さらにぺたりと張りついた。

蟬が鳴いていた。楽太鼓《がくだいこ》に似た音もまじってきこえる。お祭りでも近くであるのか、鉦《かね》もきこえる。浴衣《ゆかた》のひとが多い。道々にガマや丈高い葦《あし》の青が揺れていると思うけれど、それは欅《けやき》や桂《かつら》といった街路樹だった。草と木を見誤ったりしながら歩いている。

日比谷駅で降りて階段を上がって、ペニンシュラホテルの宝飾品を横目に通るとき、ああ、マイコが産後二ヶ月で離婚した夫と結婚指輪を買ったGRAFFという宝飾店はここなのかと思う。

この土地がかつて浅瀬だったことがふしぎだった。人の丈を越した葦原が一面つづいていた。ぷくぷくと無数の巣穴から蟹《かに》が泡を噴きながら浜を渡る。蟹の巣穴はみな埋め立てられた。日比谷入江の遠浅の海は静かで葦が揺れていた。死屍累々《ししるいるい》の上を歩いている。途中で、老舗《しにせ》の日本茶のお店に寄って、今日食事をともにする人たちに渡す宇治清水のスティックを買う。誕生日を誰かが迎えるたびに会って、たがいの恋愛の近況を話していたのに、いつごろからひらかれなくなったのか。式の前にドゥ・ラ・メールのリップクリームをマイコからもらったから、マイコには仲通りにあるセレクトショップで入浴剤を買う。

夏の強い日差しがレストランの室内に入る。メニューから顔をあげると、マイコはサングラスをしたままiPhoneで外を撮っている。丸の内の中央に建ったビルの三十五階のレストランからは、東京タワーがみえて、Mの文字のビル群がみえて、国会議事堂がみえる。

あ、東京タワーだ
みえるみえる
あれって、国会議事堂じゃない？
みえるみえる
国会議事堂だ
すごーい

皇居の松林もみえる。お濠《ほり》も、日比谷公園も、真下にみえる。うん、みえるみえる。みえる。ただみえるだけだ。

すみません、これってどこのですか？　産地ってわかりますか？　あの、この、野菜のフリットって、なんですか？　どこでとれたかって教えてもらってもいいですか？　すみません、あとこのスズキってどこのですか？　すみません、このミルクの産地ってわかりますか？　どこのですか？

メニューをみると必ず産地をたずねていたマイコが、今日は何もきかない。タイ料理ってひさしぶり、としか言わない。はじめて白髪が生えたことがマイコの最重要事だった。もうコースにしよっか。紅茶に添えられた牛乳すらたずねていたのに。子供をうむかもしれないからみんな産地にもっと気を遣ったほうがいいよと言うたび、既婚者に、マイコ婚活もまだじゃん、と言われていた。マイコは、そのあと、結婚して、子供を産んで、離婚した。親権は夫が持った。結婚も子供も全然かわいくなかった、とマイコが言った。ねぇ、原発やばいよ。汚染水で、やばいよ、シャコとか。うみ、悪いこと言わないから、外食できのこだけは食べるのやめておいたほうがいいよ。いまのマイコはもう何も言わない。

パクチーみんな大丈夫？
大丈夫、超好き
よかった
パクチー嫌いな人ってさ、チョコミントもだめな人多いよね
わかる
トムヤムクン頼む？
でも男の人でチョコミント好きな人っている？

マイコ、これ、どこのかきこうか？
あ、全然だいじょぶ
うみ結婚おめでとー
ねー、おめでとう。このあいだ、超きれいだったよー
ね、泣いたー
うみ、何食べたい？
あ、トムヤムクン食べようか

タイ料理のメニューだけはききとれる。コース料理を頼んで、乾杯する。まさからみがアミとつきあうなんて。もう何度もみんなのあいだで交わされた台詞《せりふ》だった。私は私の話がすぐに終わるよう、そうだねと適当に頷くだけにして、モニーク・ルイリエのウェディングドレスをみせて、結婚式の話は軽くふれただけにした。新婚旅行の行き先のおすすめをきいて、話の流れがかわるのを待っていた。

ごめん遅くなって、と白い麻素材のタートルスリーブを着た細身の女性が遅れて入ってきて、目の前に座る。その子の名前が思いだせなかった。

全員高校時代の友達だけれど、友達だったというだけの関係になっている。以前は、あきな、という子が、この食事会に参加していた。いつからかあきなは来なくなった。来なくなったのか、呼ばれなくなったのか、わからない。誰かとけんかしたのかもしれない。あきなは不倫相手とニューカレドニアに行くと言っていたけど、そのあとどうなったのかしらない。気づけば、あきなのかわりに、あきの、がいる。あきのの漢字がわからない。いつもあきののことを、あきな、と言おうとして、くちをつぐむ。顔かたちのすべてが違うのに、いつまでも、あきののことをあきのといえない。そしてあきながいま何をしているのか、どうして来ないのか、あきのがいるのに遠慮してしまって聞けずにいる。いつも食事会のテーブルについたときに思い出して店を出るときには忘れているから、誰にも聞けないまま、数年の時間が超過している。

目の前の女性が、注《つ》がれた白ワインのグラスを持つときに小指を立てて飲むから、サクラだとわかった。サクラは飲み物を持つときは必ず小指を立てる。サクラのお母さんも弟も立てて飲む。学食の自動販売機で買う氷多めのアイスココアを入れた紙コップを持つときも、水筒のときだって同じ仕草をする。いまサクラは丸の内で働いている。サクラとＥ・Ｇ・スミスという銘柄の、伸ばしたら人の背丈になるルーズソックスを買いに１０９の下階にある店にでかけた帰りに、女優になりたいとやにわに言い始めたサクラにつきあってTSUTAYAでビデオを借りて、サクラの家でいっしょに吉田喜重の「秋津温泉」をみた。途中でサクラも私も飽きはじめて、スカートのひだにしゅうしゅう蒸気のあがるアイロンをかけたり、炭酸水をつくりに階下におりているうちに映画は終わってしまった。岡田茉莉子《まりこ》のうなじしか覚えていない。サクラはそれをみたあとにシェービングに通った。その甲斐《かい》あってか浴衣で歩いているところをスカウトされてサクラはティーンモデルにはなったが、お昼の番組の女子大生リポーターどまりで、女優にはなれずに丸の内の勤め人になった。相米慎二の「ラブホテル」をみようと誘われたが私はみなかった。サクラとは、写ルンですで互いの下着姿を撮ったりしたけれど、いったいなんでそんなことをしたのかもよくわからない。思い出せることは思い出せることしかない。高校生のころにマクドナルドに居座って、防水加工された紙コップがふやけてくるまでしゃべっていたころと何も変わらない。

サクラの彼氏がベッドでほかの女の名前を呼んだ。小さい声で、最初は、吐息に似ていて、よくわからなかった。でも、はっきりと、「小春」と発音した。首根っこつかまえて、おいわたしはサクラじゃ、と言ってやろうかと思った。むざんやな。人形浄瑠璃《じょうるり》できいた義太夫《ぎだゆう》のむざんやなという声がよぎる。前菜に、きのこが入っている。

マイコはそれを食べている。人が話しているとき、注意深くききとらないと何を話しているのか筋をよく見失う。むざんやなと思ううちに話はサクラの彼氏からマイコが恋愛恐怖症になった話にうつっている。膜が張られたように、声が遠い。身体が水中にあって、そのなかでものをきいているような曖昧さで届く。

マイコはこれまで恋人ができるたび、季節が変わるころになると必ず諍《いさか》いをおこして目をぱんぱんに腫《は》らした。むざんやな。もうしばらく恋愛はしたくないといいながらすでに気になっている人がいる。

うみは秘密が多そう、とずっと言われてきた。わかる、クールだしね。何もないから言わないだけだった。人を好きにならないから恋愛の話をしないだけだった。恋をすると花鳥風月がしみるらしいことはわかっても実感がないまま ここまできた。アミとつきあうのも、結婚するなれそめも、みんなに言うべきことがなにもない。みんなの話を聞いていることは嫌じゃないから、ほとんど芝居でもみているような心地できいている。人を想《おも》って眠れない。そんな恋ばかりしたら死んじゃうんじゃないかと思う。人が人を好きになる気持ちがわからないまま、ここまで来てしまった。ここがどこなのかわからないまま、流されて、テーブルクロスの敷かれたビルの上にいる。

みながしているらしい恋を私はしたことがない。したい、とも思っていなかった。

恋もセックスも、どっちでもいい。しなければいけないのなら、林檎《りんご》農家の人工交配のように、花粉を綿球につけて、それをぽんぽんと雌蕊《めしべ》に塗布して、交配が成功すればいいのに。人を好きになる、という、理屈じゃないなどといわれる行為に落ちることがどうしてできないのか、わからない。しないといけないようなことなのかもわからない。むざんやなあ。

うみって誰とでも仲いいから、とマイコがいう。誰のことにも関心が薄いからではないかと思うが言わない。どういう話の筋だったのか追い切れないまま、そうだね、と、えび色のせんべいをかじった。油の味だけする。

ゆりちゃんといるときまってそう言われた。

修学旅行の浴場で、ゆりちゃんが大浴場に入ってくる。みなが彼女をみる。ゆりちゃんは、うみちゃん、と手をあげて、一つ離れたシャワーの前にしゃがんだ。浴室で使いやすいピンク色のメッシュのポーチを鏡の前の台に置く。チアリーディング部の女の子は、みんなロングヘアだった。踊るときに髪の毛が揺れる方が可愛《かわい》く見えるからみな髪を伸ばしていた。大理石を模した色味のプラスチック製風呂椅子《ふろいす》をどかす。ゆり、こういう台とかぬるぬるしてんの、やなの。そうなんだ。カランやシャワーの持ち手のところも石けんで洗っていた。ゆりちゃんは、中腰のままシャワーをひねってしばらく床にお湯をかける。足をぬらし、身体に細い湯がかかってゆく。ポーチから、カミソリとシェービングムースの缶をとりだす。カランをひねって刃を濡《ぬ》らし、ムースをてのひらに出して、足に塗布する。みぎのすねからゆっくり剃《そ》りはじめる。

広い浴槽のなかでたくさんの同級生がしゃべってる。なにを話しているのか音が反響してよくきこえない。浴場の表に出てもいつもこんなふうに人の声が籠もってきこえている。いつも浴槽のなかだったらいいのに、と思う。白い泡をあげて大量の湯がでる。

うみちゃん、脱毛とかやってる？　太ももをゆりちゃんが剃る。光脱毛だけしてる。ゆりちゃんは？　ゆりも。でもがぜん生えるよね

ゆりちゃんの乳色の膚《はだ》が泡につつまれて、そのまま、ほとんどみえない毛を剃刀で皮膚をなでるようにして剃っている。足、脇、うで、すべて剃るさまをながめていた。今度はしゃがんだ姿勢のまま顔や髪を洗い始める。甘い花の香りのするリンスを長い髪にもみこませ、ときおり足をくみかえて重心をかえてしゃがむ。ぬるぬるするものがきらいだというゆりちゃんの指のあいだから、髪の毛にシリコンをもみこむ音がする。くちゅくちゅくちゅと音をたてて、毛先がとくに傷《いた》むからと入念にもむと、指の間から

リンスがたれる。ゆりちゃんはじっと鏡をみている。休み時間になるといつも女子トイレの鏡の前で自分の顔にみとれている、とラクロス部の子たちから、冷笑まじりにいわれていた。私は浴槽につかりにいった。ゆりちゃんの背中をみていた。浴槽につかると、そばに友達が寄ってきて、うみってゆりとなにつながり？ ときかれる。なかよかったっけ
なかよかったっけ。え。うみは誰とでも仲良いから。そうマイコが湯船でも言っていた。それが褒め言葉でないことはわかっている。

みんなの彼氏の固有名詞がどんどん変わって、いまになった。前菜を食べ終えて、つぎはトムヤムクンが来るはずだった。白ワインとえび色のせんべいをくちにしながら、サクラの彼氏の非難をする。ビルの三十五階からは国会議事堂がみえる。東京タワーがみえる。Mの頭文字のビルがみえる。みえているけれどなにもみえない。日が差していてまぶしくて景色さえもよくみえない。地上からこんなにも離れているのに、楽太鼓の音がしている。底から打ちならすようにきこえる。

前菜をすっかり食べ終えて、スープが運ばれてくるのを待っている。周囲の人は楽しくものを飲み食いしている。外が少しずつ黒くけぶりはじめる。梅雨が明けたと思

ったら、今度は毎日夕立が降る。夕立、なのかわからない。まだ昼なのに。ゲリラ豪雨なのかもしれない。まだランチしはじめたばかりなのに、前菜しか食べていないのに空が暗くなっている。話しているのはサクラの彼氏の名前取り違えだっけ。それって浮気の話なんだっけ。元カノの名前を言ったんだっけ。白ワインばかり注がれて、つぎのお皿が来ない。マイコの頰は紅潮してる。ねえ、ちょっといいかげん遅くない？　とサクラが言う。私さ、ほら前にタイ行ったじゃん、まだ話せるから、ちょっと待ってて。サクラが、なれぬタイ語で、アニーマイマー、アニーマイマー、ヤンマイマー、ヤンマイマー、メニューをさしながら、話している。話している、というか、言葉らしきものを相手に投げている。ごろごろと雷鳴が聞こえる。高層ビルだからやけに音が大きい。せっかくのタイ語なのだけれど、店員は日本女性らしくて、タイ語がわからないのか、そっけない。いまつくっておりますので、申し訳ございませんが、もう少々お待ちください。そしてまたしばらくおしゃべりをして、サクラの彼氏の名前の取り違えの話にまた戻る。サクラの背後にみえる国会議事堂をマイコが撮っている。あのすみません、サクラはまた男性店員に、トムヤムクンをさして、アニーマイマー、と言っている。いや、だから、もうずっと待ってるんです。ねえ、うみ、どのくらい待ってる？　え、どのくらい待ってるんだろう。ねえ、マイコ。マイコわかん

ない

待ちすぎてなんかマイコの白髪がのびている気がする。あきのかあきなが言う。マイコだけじゃなくてみんなの白髪が生えてのびている。それが糸のように上へとのびて糸操り人形のようになっていたらおもしろいのに、私たちの四肢は私たちの意思でしか動かないようにふるまっている。窓の外が暗くなっている。いったいどのくらい待ちつづけているのかわからない。お祭りがあるのか、楽太鼓のうちならす音がきこえる。三十五階にもきこえる。鉦の音といっしょに、日比谷のお濠の水が波立っている。ねえねえ、すごい雨だよ。窓ガラスにびっしり雨滴がくっついて外もみえにくなっている。お濠の水があふれそうで、なかに海坊主《うみぼうず》でもいるのかもわからない。

トムヤムクンを頼んだんだっけ。何をいったい待ってるんだっけ。チャーイチャーイ。サクラがなにかわからない言葉をしゃべってる。スープを待っている時間なんだよね、いまは。スープもきていないのに、窓の外が世界の終わりのようになっている。チャーイチャーイ。室町のころ、ここは海だったのにね。入り江だったから、きっといろんな魚がとれたね。家に帰ったらアミに私はそう言うだろう。すごい雨だね、とくりかえしマイコが言う。雨滴が泡のようにびっしり窓にはりついている。ゲリラ豪雨でなにもきこえない。江戸時代にとれた魚の名をくちにしてみる。シラウオ、タチウオ。ブリ。マアジ。ホシザメ、サヨリ、シマアジ。神田山を切り崩した土で家康が入り江を埋める前に泳いでいたかもしれない魚の名。アオギスは昭和に絶滅したんだよ。シャコは絶対食べない方がいいよ

ねえ、さっきまで晴れてたのに。サクラが日本語をしゃべってる。芝の上にはえた松がブロッコリーにみえる。日比谷の土に罅《ひび》が入って、割れ目から、葦がはえはじめている。ガマも。このへん震災のときにも地盤沈下したもんね、とあきのがいう。松より葦が茂っている。一保堂のあたりにも、入り江の水が迫っている。さっき宇治清水を買っておいてよかった。みんなに恭《うやうや》しく包装紙につつまれたそれを渡す。グラニュー糖入りの甘い抹茶《まっちゃ》だと説明する。サクラの彼氏が浮気をしている話に戻っている。ちいさな蟹が地面を走っている。コショウダイ、マダイ。ハモ、マゴチ。ウシノシタ。泳いだり水底の泥を這ったりしている。大火で焼き尽くされたり、雨が降ったり、陸軍練兵場になって、お艶が殺されて、いまはお濠の水があふれて、海坊主でもでてきそうだね。もう窓の外まで迫ってきているかもしれない。ここは海だったから、そういうものもでる。私たちは飲めないスープを待っている。むざんやな。

やあ。おかえり
家に戻ると、アミがいた。
ただいま
すごい夕立だったね

アミが玄関先で出迎えてくれる。二人で暮らしはじめて三ヶ月経《た》って、おかえりとただいまとを繰り返してゆくうち、帰ってきたときは玄関まで迎えに行くようになった。

いままで誰かに迎え入れてもらったことがなかったから、はじめは居心地が悪かった。アミもまたぎこちなかった。それでも、心地よい距離をたがいにおしはかって、なんとなく、そういう習わしができはじめる。

恋愛感情をもって結婚をしていないからこそ、礼節をもって接することが二人の関係を保つような気がしていた。お風呂みがいておいたよ。ありがとう。私たちの行動は、より夫婦然としている。

結婚は、知らぬ者同士がいっしょになるのだからたいへんだというが、芽衣子さんにふりまわされて暮らすより、父とカウンターに座り、ものをくちに詰め込むことではじめて無言がゆるされるような食事をとるより、はるかに、アミとの生活は心地よかった。結婚という言葉が結界になって人が寄らないのもよかった。相手に期待を寄せないし寄せられないから過ごしやすいのかもしれなかった。いっしょに過ごすことをふたりでとりきめた安心感があるのか、ふたりで意思をもっていっしょにいるから心地よいのか、いやそもそも意思などという能動的なものがあって私たちは結婚したのか、考えるとあいまいになる。軽いノリだったのだから、偶然なのだから、相合い傘をしたのだから、いまいっしょにいる。そういうことばでとりあえず考えないようにする。よくわからない。

玄関にそろえられたスリッパを履く。私たちは、アミの同僚からの結婚祝いで贈られた色違いのバブーシュを履いている。アミはシンプルな白いなめし革で、贈った人は、花嫁のひととなりを知らないから、ふたりで熨斗《のし》のついた箱をあけ、ビーズのあしらわれたひときわかわいらしいピンク色がビニール袋につつまれているのをみて、甘いかんじだね、と言いながらそれを履いたとき、アミが、うれしそうな顔で、うみ似合わないね、と言った。ゆりちゃんが履いたら似合うだろうと思ったが言わなかった。

アミとゆりちゃんの話をしたことは、あのお通夜の夜の日以来、一度もない。あの夜だって、ゆりちゃんの話を私たちは交わしたかおぼえていない。喪服を着て、ゆりちゃんの話をどれだけみんなもしていたか。就活の話とかしていた気がする。最初は、ゆりちゃんの話をしていた。かわいかったよなあ、とか、男子が言っていた。なあ、とにやけた顔でアミに声をかけて、アミは頷いているだけだった。チアリーディング部の子も来ていたけれど、ゆりは練習のとき、熱心に鏡をよくみていた、とか、そういう悪意まじりの思い出しか言わない。たこの唐揚げがあって、たこぶつもあって、おさしみの盛り合わせにもたこがあった。解凍されたまぐろの血がツマにしみてうすいピンク色になっている。

ゆりちゃんは下まつげが長かった。体毛が銀色で薄かった。ゆりちゃんはまばたきがひとより遅かった。ゆりちゃんは足が速かった。たしかリレーの選手をしていた。

誰よりもかったるそうに、でもスピードが速かった。そういう話は誰もしない。なんでこんなにたこばっかり頼むのー!?　って誰かが言ってた。言ってたのは私だったかもしれない。糖尿病を患《わずら》ったというクラスメイトのタマキくんが、ちょっと打つから、と笑って、あぐらをかいて、のりのききすぎたバリバリの白シャツをめくりあげて、おなかに、ペンシル形のインシュリンを打つ。みんながそれに歓声をあげるのにこころよしとして、これでもうのめるから、芋、ダブルで！　と、中年男性のような酒の頼み方をしていた。ゆりちゃんの死因の話がでていた。若年齢での死亡原因の多くは、事故死、自殺、急性心不全。病気の五年十年生存率。生存率という言葉はいったいなんなのだろうか。だれかとだれかのちがいをたしかめるための言葉で、それぞれがちがう身体《からだ》で、ちがう時間を生きている。ゆりちゃんがどんな生存率でも、死んだことに変わりはない。

日本の湿気だと羊皮はこもりやすいよね

はじめは化学薬品をつかってなめされた羊皮のにおいのきつさにアミが閉口していたがいまはそのことを言わなくなった。

アミ、そういえばバブーシュくさくないの？

くさいよ、ずっと。でも、においをかんじないことにしてるから大丈夫

美しいなめし皮は色気のある香りになる。シャネルの香水CUIR DE RUSSIEは白《しら》樺《かば》オイルでゆっくりなめした光沢のあるロシアンレザーの匂《にお》いがする。そういう香りは好きだとアミは言う。調香師は、においのひとつひとつがなにかを特定できるように、においを鼻で消してゆくことができる。もののにおいがするなかでもにおいをきちんとかぎ分ける基本的な訓練だとアミは言った。麻薬犬のような所業だと思う。夕立で濡れた私の体にアミがタオルを渡してくれる。

ありがとう

どういたしまして

よそよそしいことが心地よさをつくっている。

キッチンカウンターに置かれたiPhoneからAntony and the JohnsonsのAnother Worldがかかっている。きれいな曲だね。iPhoneにジャケットがうつっていて、花を髪にあしらった白塗りの骨張った老婆《ろうば》がくちをうすくひらいている。そこから魂が浮きでているような、ジャケットだった。舞踏家の大野一雄のポートレートだった。ア

ミが、その人知らないという。私もよく知らない。芽衣子さんがむかし付き合っていた恋人が舞踏好きで、写真集が家にあってたまたま知っているだけだった。

アミは繰り返し同じ曲をかける。それも小さな音量でかけているから、物音にまじって音はほとんど気配のようになっている。夕飯をいっしょにつくりはじめる。夏だけれどキムチ鍋《なべ》が食べたいとアミがいうので、いっしょに、具を切っていた。あさりを冷凍庫からだして、土鍋で煮る。

アミが今日をどう過ごしていたのかはしらない。アミは、結婚しても、恋愛はたがいの自由で、と言っていた。それでかまわなかったし、その方が私も気が楽だった。三ヶ月経っても開梱《かいこん》のすんでいないダンボールが残っている。壁の際《きわ》に高く積まれている。

きょうどうだった
え

さっきまで丸ビルにいたのに、うみの結婚お祝い会と称された、高校時代の友人との食事会のことをたずねられたのに、そのためにでかけたのに、もう何のためにいままででかけていたのかを忘れていた。しけった油の味のするえびせんべいをかじって、トムヤムクンを待ってて、パッタイもカオマンガイもこなくて、いつ来たっけ。まだ丸ビル三十五階でトムヤムクンを待っているような気がする。どうやって帰ってきたんだっけ。夕立に濡れたから、あったことも洗い流されて失われたのかもしれない。ほら

アミは顔を思い浮かべるのか目をつむって、指を折り、何人かの、名字を言う。それがマイコやサクラだとわかっていても、名字で呼ばれると、まったく別の人と会っていたような気がする。

マイコに白髪はえてた

ぼくも最近はえてきたよ。彼女、オールブランの食い過ぎで便秘になったりしたよね

うそ、しらない。アミの方がくわしいね。さっき宇治清水買ったよ

夕立で包装紙の濡れてしわの寄った袋から、とりだす。

かき氷をつくって、そのうえにグラニュー糖入りの抹茶パウダーをかけて食べたい

まずかき氷機買わないとね

アミはショウガを細切りにする。

アミとくちづけをした。結婚式の前日に、ふたりで、席次の紙を確認したり、お車代の熨斗に名前を書いたり、荷物を用意していた。かがんで名前を書いている私の隣に座っていたアミが、かつて何度もしたことがあるように肩を抱いた。アミのふるまいは、もう何年もくちづけをやりとりしていた恋人にするようだった。キスのときにアミの香水のにおいがしていた。はじめはアミのそばによると、整髪料かシャンプーのような石けんのにおいも香水にまじってしていたのに、もうそのにおいは、いっしょに暮らしているから、わからなくなっていた。キスをしたあと、アミに、うみ唇かわいてるね、と言われた。リップクリームを渡されてそれを塗って、それで終わった。

私たちはいっしょに暮らしはじめたのにまだ交配をしていない。ベッドはそれぞれ好きなかたさのシングルベッドをくっつけて眠っている。同じ寝室で寝ていても、アミは触れない。私もアミに触れない。アミが風邪をひいたとき何度か彼の額に手をあてたのが寝室でしたふれあいのすべてだった。交配するためにいっしょになったのだから、もう交配に進んでもいいような気がしているのに、ふたりとも、機を逸している。交配がしたくてたまらない、ということでもなかった。開花に季節があるようにヒトにもその季節があればよかった。付き合って四年経つとセックスレスになるよ。

結婚したら半年でなるよ。友達からくちづけもしていない時点で、避けがたい未来のようにいわれる。私たちは交配を目的にいっしょになったはずなのに、アミはそれを避けている。子供はいたらいいなって思うよ。好きな人に子供が欲しいといわれると怖くなるのに、アミは、どうして、私とは交配する気になるのか、わからない。私とするセックスを怖いと思っているのかもしれない。私たちがするのは交配だから安心して。そう思うけれど、それが余計アミは怖いのかもしれなかった。

私たちは汗をかきながら、向かい合って、キムチ鍋を食べる。八月に、ぐつぐつたぎった、赤い鍋を食べる。

アミの父親から結婚式の写真が数枚送られてきた。封を切って、ふたりでそれをみる。構図もなにも考えられていないショットで、一口食べかけたフィレステーキだけうつっている写真があった。アミはほとんど家族の話をしない。

婚姻届を出した後、アミの実家に行ったことがあった。アミの父親は、耳鼻咽喉《いんこう》科の開業医をしていた。恰幅《かっぷく》がよく、年にしては早くもほとんどの頭髪が白くなっていた。挨拶《あいさつ》して早々に、アミの父親は、結婚資金を振り込もうか、といって、アミに口座番号をたずねていた。アミにとっても私にとっても義母にあたる女性が、アミの口座は私が知っていますよ、と四つ葉模様のようにカッティングされたVan Cleef《ヴァンクリ》 & Arpelsの虎目石《とらめ》のブレスレットとネックレスを揺らしながら言う。清水焼の湯のみで熱いほうじ茶がでて、異様に熟れてじゅくじゅくした柿がでて、アミはずっと口角だけあげていた。凍り付いた笑顔は、この家で暮らして染《し》みついたのかと思った。

うみすごい仏頂面《ぶっちょうづら》だよ、と写真をみてアミが笑う。あの日、私は裾《すそ》の長いドレスをもちあげたまま円卓を移動していたからか、披露宴のあとは、左手の三本の指が痺《しび》れて軽く痛みを覚えていた。二次会はしなかった。アミは披露宴でさんざん友達や同僚にのまされて、タクシーのなかではずっとくちをおさえていた。家につくなり、うみ、ごめんね、ちょっとだけ待ってて、と言って、すばやくアミが玄関ドアをしめる。吐いているすがたも音もきかせたくないのか、私は髪にまきついたしおれかけの生花をとり、化粧のすこし浮いた顔で、玄関前で腰をおろしたまま、アミが吐き終えるのを待っていた。変圧器のような音の夏虫が鳴いている。アミに教えてもらったオオミズアオもとんでいる。みどりのような白いような翅《はね》をみていた。五分ほどしてもドアがあかないから、そっと様子をのぞく。アミは片足だけオペラパンプスを履いたまま、トイレの壁に体をもたせていた。あ、ごめん、待たせちゃって。くちびるも顔もいつにもまして白かった。コップの水とタオルをさしだすと、アミがもう一度便器に顔を埋《うず》めて吐いた。アルコールと胃液のまじったにおいがした。背中をさすろうとして、芽衣子さんに、余計気持ち悪くなるからやめて、と言われたことを思いだして、手をとめた。結婚式ってほんと体力勝負だわ、とアミが言った。

キムチ鍋を食べているのに、全然、減ってゆかない。アミは写真をみて、あさりをつまんで食べている。もうだしにすべての味がいっちゃったね、と言いながら、あさりの身を食べる。あさりの身を食べていたアミが手を止めて、どうしてうみはぼくと結婚したんだろうね、とやにわに言った。

嫌だと思う相手とは交配しない。でもアミのことを好きなわけではない。うみは陸の生きものにつくづく関心がないでしょ。応《こた》え方がわからなくて、アミだってどうなの、と返した。ぼくは陸の生きもの好きだよ。海もね。アミはノリで私と結婚した。相合い傘をしながら、雨が降るなか、そう言っていた。粘っこい、糸のような雨の日だった。ものごころついたころから私は雨が好きだった。あのときは青山が糸でぐるぐる巻かれて、電信柱もなぎ倒されて、雨も、警報も鳴っていた。身体を守るために、着ていたものをゴミ袋のなかにすべていれて玄関の外に置いてから家に入っていったひともいた。ちがう、それはいつの雨のことだっけ。糸雨で東京タワーがぐるぐる巻かれてピーナッツのようなひょうたん形の綿菓子みたいなのができて、そこから大きな蛾《が》が羽化して。あれ

私たちは結婚指輪をしていない。最近、アミは、やっぱりあったほうが自然だと思う、というようになった。私もまた、指輪をしているだけで身にふりかかるわずらわしい出来事をよけられるから、つけることはかまわなかった。

アミが、新婚旅行の話をしはじめる。食器を片付けながら、キムチ鍋のにおいのこもった部屋の換気をしながら、ふたりで行きたい場所をあげた。ギリシャ、フランスのグラース、スイス、まとまりなく土地の名を口にする。ずっと iPhone から曲が流れつづけていたことに気づく。iPhone が発熱している。もっと乗り気で応えようと思うのに、それが私の未来に起こることと思えない。

ミクロネシアミツスイがみたい

アミが言う。

鳥類さんから教わったから

家族の話はきかないけれど、アミからは何度も、鳥類さん、の話はきいた。子供の頃、アミは一年だけ北海道にいた。鳥類さんは、アミの母親の恋人だった。彼女もまた耳鼻咽喉科の医師だった。それで夫と一緒になった。ママは被爆二世だった。それで早く死んじゃった、とアミは言ったけれど、死の詳細は知らない。

アミは、母親のことを「ママ」と呼ぶ。成人した男性らしくない呼び方で、アミがママの話をするとき彼の背丈は縮んで子供になる。ママが耳鼻咽喉科の医師になったのは、ひとの生き死ににあまりかかわりたくはなかったからだと父親からきいたことがあったけれど、ママの話はタブーだからしてない、と言っていた。

アミの母親は、アミを連れて出奔した。アミは七歳だった。当時、ペンパルだった男のもとに行きたくて、北海道まで行った。休みの日は、きまって鳥類さんのところにいく。ぼくは鳥類さんのことが好きだった。ミヤマカケス、まだ居残っているシベリアに戻る前のツグミ、ルリビタキ、そういう鳥の名を教えてもらった。双眼鏡ももらった。黒田長禮《ながみち》「鳥類原色大図説」、小林桂助の「原色日本鳥類図鑑」ももらった。

きみょうなことに、私がアミの子供のころのことを思い出すときは、きまって、私がアミになっている。

冬景色のなかを走る函館《はこだて》市電のなかで鳥類さんのリュックサックからでてきた図鑑をもらった。海を歩く鳥がいる話をした。

みんなは五稜郭《ごりょうかく》の桜をみにゆくけれど、箱館《はこだて》戦争時に急造された四稜郭《しりょうかく》の、ひっそりとしてうらさびしい桜を鳥類さんとみた。まだ三分咲きのそれをみながら、ママが泣いていた。鳥類さんはオオワシの研究をしていた。冬は知床《しれとこ》に行く。図鑑に書かれた生態、生息環境、習性、鳴き声、繁殖、食性、渡り、分布、項目をただ読んでいるだけで日が暮れてしまう少年時代だったことを鳥類さんは話していた。日本三鳴鳥の名前を教えてもらった。うみ、知ってる？

鳥類さんの名前はしらない。鳥類学者だから、鳥類さん。学者だったかもわからない。名前を知らないあいだがらなのね、と東京に戻されたときに新しい母親にいわれたが、鳥類さんの本名を知っていることが、いったい彼の何を知ったことになるのかわからない。鳥類さんはいつかミクロネシアミツスイを見たいと言っていた。ママが好きだったのは、三浦環《たまき》の歌う「蝶々《ちょうちょう》夫人」のアリアで、あるはれたひに、とママもあいまいなくちのうごきで、洗い物をしながらメロディーをなぞる。住んでいた海岸線にはいつも人がいない。函館山の裏手、外国人墓地を下った先の海水浴場で遊んでいた。ひさしとひさしが被《かぶ》さるようにひしめきあって建てられた軒の細いすきまを通って、窓のうすあかりをたよりに家に帰るための近道をする。壁から漏れて聞こえるのは、AMラジオのしゃべり声。灯りのともっていないちょうちんを連ねたイカ釣り船がしずかに出船していく。ヒヨドリが花の蜜《みつ》を吸いに来る。父親がぼくを迎えにきた。均一に青い空、外国人墓地、漁港の積み重なるプラスチック製の臭気のする発泡スチロールの箱。ふ頭の輸送コンテナの積み上がったさまをみて、テトリスのようにそれを脳の中で動かした。ママが死んだのは、自殺なのか、彼女がずっと気にかけていた一九四五年八月六日に彼女の母親が浴びた黒い雨によるものなのか。わからない。怖くて知りたくはない。ママが死んだことを知ったのは、亡《な》くなって一年経ってからだった。

うみ、旅行はやめておく？
ううん、行きたい。ごめん。少し風邪気味なのかもしれない。雨に打たれたから
新婚旅行、みんなにはモルジブすすめられた。あとアマン
あぁ、きれいだろうね

アミは、それじゃあ、早めに寝ようか、と言って、リビングの灯りを消す。私たちはいっしょに寝室におりる。寝室は半地下にある。寝室には窓がない。だからいまが何時なのかわからない。アミが、シナモンとレモングラスの精油をとりだして、小皿に一滴ずつたらす。うみ、目をつむって、かいでみて。すん、と鼻先をアミの手に近づけると、懐《なつ》かしい、瓶入りのカラメル色素で着色された暗褐色の清涼飲料水の香りがした。コーラ。アミの手に鼻先がふれた。アミは、あたり、と言って肩をぽんとたたいた。ティーツリーの精油が風邪には効くと言って、アミがそれをティッシュに垂らす。おやすみ、うみ。今日も交配はしないだろう。ありがとう、おやすみ

アミがまるまって眠る。シングルベッドを二つつなげてそれぞれの掛け布団《ぶとん》で眠る。冷房寒くない？　とアミがたずねる。大丈夫、ありがとう

アミの話を思い出している。ここには窓がないから、外は函館の海なのかもしれない。思い出しているうちに、このままいまのすべてが思い出すことでおわってしまうんじゃないだろうか。思い出すことがあって、思い出すことばかりで、夜が過ぎる。

エ、いわーしこい、エ、いわーしこい
マリッジリングですね。シンプルなものですと、こちらはいかがですか
エ、いわーしこい、エ、いわーしこい、エ、いわーしこい
うみ、何号なの?
わからない
お調べしましょう
エ、いわーしこい、エ、いわーしこい、エ、いわーしこい
細くていらっしゃる。6号でぴったりですね

カルティエの二階で、マリッジリングをみている。粒ダイヤがリングに入っていたり、カーヴをえがいていたり、いくつか女店員が見繕いに立つと、ねえ、ものうりの

声がする、とアミが耳もとで言う。先々の時計となれや小商人《こあきんど》。ふりうりで時間のわかる世間に私たちはいないから鰯《いわし》売りが何時に担《かつ》いでやってくるものなのかは知らない。豆腐屋が早朝にくることだけ知っている。鰯？　もう夕方だよ、腐ってるよ、と小声で返す。冷蔵で売ってるでしょ、今日日。さっきまで銀座中央通りの歩行者天国で弁天堂勧進が通っていたから、確かに物売りも通るかもしれないとも思う。トントク如意《にょい》宝珠そそそ、そそそ。りんを打ち鳴らしては乞胸《ごうむね》が過ぎてゆくのを海外旅行客が撮影していた。ぼてふりから帰りに買おうか。夕刻なら捨て値で買える。そもそも鰯は捨て値で売ってる。鰯なら梅煮かな。つみれかな。ロースト。エスカベッシュ。なんでもおいしいね。鯨《くじら》と鰯と本朝海中の宝なり。鰯売りが大名の娘と恋仲になる歌舞伎あったね。知らないそれは。鰯売りが遊女にひとめぼれして、その遊女は実ハ御姫様で。アミが私の手をとり、マリッジリングをしげしげとながめていた。

ぼくは何号ですか？

また秋が来ている。アミの上着に猫毛のようなものがついている。指輪を美しくみせるためか照明がまぶしい。その下にいるからか毛の白さが際立つ。いつかもこうして白い毛をつまんだことがあった。アミのつけた毛は、白い獣毛なのか、フウセントウワタの綿毛か、わからない。どこでついたのかもわからない。

結婚式を挙げてから、週末はアミといっしょに過ごすことが多くなった。二人暮らしをはじめたころは、アミは週末になると家を空けた。サトミさんに会いに行く、と言って、香水をつけてでかけていった。

アミからサトミさんのInstagramのアカウントをみせてもらったことがあったのはいつだったか。明け方にふたりでピータン粥《がゆ》を食べたときだったか、「ゼクシィ」に婚姻届がついているとコンビニで買ったまま、ふたりで六本木のつるとんたんに入って、名前を書いているときだったか、よく覚えていない。サトミさんは三白眼だった。子供の頃から趣味でつづけているらしいバレエの練習着すがたでうつる色の白いそばかすの散った三白眼気味の表情は、どこかゆりちゃんに似ていた。アミが好きそう、とだけ言った。サトミさんはアミの恋人だった。いまも恋人なのかもしれないが、子供がほしいから結婚してほしい、という彼女の言葉に、アミはたじろいで、結婚できなかった。サトミさんはベビーカーを押す人とすれ違うたび、アミに、二人の子供の話をした。好きな人と子供をつくることは、こわい。恋愛感情のない元同級生とは、子供をつくることはできる。被爆三世だとサトミさんにはいえない。うみにはいえる。どうしてなのか。私はアミではないからわからない。

アミちゃん、私、三十五歳になる前に子供うみたいよ。このあいだ卵巣年齢を血液検査ではかったらAMHの数値がよくなかったし。ねえ、アミ、アミちゃんさ、結婚できないんだったら、別れて

アミは、AMHの数値の意味がわからなかった。アンチミューラリアンホルモンと言われてもそれがなにかわからなかった。うみ知ってた？　ううん、いまの話で知った。私もよく知らなかった。サトミさんはビオワインが好きで、付け襟が好きで、ホテルオークラのフレンチトーストが好きで、モダニズム建築が好き。洋服はカルヴェン、靴はレペット。サトミさんは、小さい頃からシニョンを結いすぎていてすこしはげてる。おでこがすこしとがっている。アミは愛《いと》しそうにサトミさんのことを話す。アミはたぶんサトミさんのほくろの数も言える。何度もふたりは喧嘩《けんか》して、子供をつくらないなら別れたいとサトミさんが言った。別れた後、サトミさんから、つぎの彼氏ができるまでときどき会ってほしい、と言われてふたりは会っていた。サトミさんに新しい恋人ができてもアミが結婚をしても、ふたりは会うことをやめない。やめられなくなっているのかもしれない。会いたい会いたくないにかかわらずふたりは会わなければいけなくなっている。アミは結婚していることをサトミさんに伝えているの

かしらない。サトミさんと勇気を出して子供をつくったらどうかと思うが、アミは、ただいま、と言って家に戻ってくる。

アミは、サトミさんのところから戻るたび、エアプランツを買って帰ってくる。ハリシー。コルビー。イオナンタ。ちいさなもの。大きなもの。ハナアナナス。着生植物がいくつも部屋にふえてゆく。


指輪をいくつかはめていると、よろしければ、とグラスにシャンパンがそそがれる。お酒飲めるなら何軒もまわりたいね、とアミは言いながら、くいくい飲む。何組ものカップルが、同じようにマリッジリングやらエンゲージやら、ショーケースに目を落として指輪をみている。髪の長い女性が、ショーウィンドウに髪が落ちないようにおさえながら、かわいい！と声をあげて、彼をみあげる。

アミはいつからか、サトミさんに会いに行く、と言って、出かけなくなった。週末はふたりで過ごすのが日常になり、じゃあ週末はタオルを買いに行こうか、うみ、コート選ぶの付きあって、とどちらともなく買い物に誘うようになった。

朝ハクセキレイがベランダにきていたとうれしそうに言うアミに、仕事のための香炉を買いたい、と言われていっしょに銀座にでかける支度をする。私は夜は父と食べることになっていた。アミも、夜はちょっと行くところがあるからと言って、ふたりででかけた。アミが、何の予定があるかを言わないのははじめてだった。
うみ、またあとでね、と言って、アミが軽く肩をよせる。アミが地下鉄につづく階段へとおりてゆく。アミ、今日は大雨になるって。あ、そうなの？　コンビニで傘買う。うん、それがいいよ
気をつけて、とアミがさきに言う。

ごめん、うみちゃん、二十時から打ち合わせになっちゃった。でも、ペニンシュラだから、ぎりぎりまでいられるから
あいかわらず、お忙しそうですね
板場の若い人が父に表層的なねぎらいの声をかける。
不倫相手にでも言うようなくちぶりで店に入るやいなや父がわびる。カウンターに座って、だされたおしぼりで顔をふきながら、この後会うという雑誌編集長の話をする。あとで四谷にあるスナックにも行くかも、カラオケ苦手なんだよなあ。うみちゃんとも今度いっしょにいこう、という。福田平八郎の描いた柿が壁に掛かっていた。
うみちゃん、このあいだきれいだったね

パパありがとう

ウェディングドレスの写真をあらためて父がiPhoneから出してみせる。父は丁寧に加工を施し、目が大きくあごは細く異様に肌の白くなった写真をすでにLINEで送ってくれていたから、加工前のファンデーションがすこし白浮きしている画像をふたりでみたけれど、うみちゃんきれい、ということばは父からはでない。女将《おかみ》が結婚式の写真がみたいと父に声をかけたとき、父は私宛《あて》に送った加工済みの写真をLINEの画像から探してみせていた。スワイプのスピードをあげてふたりとも斜めにみながら、杯を傾ける。

あ

立て続けにメッセージがいくつか届いて、iPhoneの画面をぱっと父が隠す。

パパはいつもなにかに追われている。時刻に、クライアントとの会合に。女に。FaceTimeの電話会議に。追われつづけることが暮らしになっていて、追われつづける現在だけがある。それは私も同じだと思う。

秋鱧《あきはも》おいしいですよ。脂《あぶら》ものって。土瓶蒸しでどうすか

もうその時季がきたのかと思いながら、ふたりで鱧を食べる。

雨が降りはじめたようで、雨音がきこえる。骨きりの音がききたいのに、秋雨でき

こえない。土瓶蒸しがでる。鱧と松茸《まつたけ》。また土瓶蒸しを父と食べている。だしをのむと湯気が顔にかかる。昔から湯気が顔にかかるとほっとする。霧だとか水分が細かいなかに身を置いていると、私が世界にしみだして、そのまま、どこかへと流れ出してゆきそうになる。湯気だけがあたたかい気持ちにさせる。あつい鱧を口に運ぶと、目の前が湯気でなにもみえなくなる。細かい水の粒の集まりが光の進行を遮るからだと昔物理の授業で霧の仕組みを習った。物理だけはまじめにノートをとっていた。いまも実家のクローゼットの奥にルーズリーフがとってある。

鱧だ、と父がうれしそうに言う。

鱧の骨きり。皮はくっついたまま、かたいところだけが寸断されてゆく音を、酒を飲みながらきいている。

アミはきっとサトミさんの家に行っている。ちょっと、というにごした言い方でそう思う。私たちの間には好きという感情はないのだから、はっきり言ってくれる方が心地よいのに、見当違いな気づかいがかえって不快だった。アミは傘がないから、雨がやむまでいっしょにいよう、と言って、アミとサトミさんの関係はきれることがない。雨が降って、降りこめられて、アミはサトミさんの家からでられない。アミが雨に降りこめられたらいいのに。暗い部屋にふたりが雨宿りをして、サトミさんと膝《ひざ》が触れあって、そのまま関係がもつれあったらいいのに。サトミさんの腹部がどんどん膨れてゆく。雨がふりつづける。たいへんな雨ですよ、と板場の若い人が、土嚢《どのう》を積む。アミはきっと帰ってこない。

よかった、通り雨だったみたいです

え？

うみちゃん、ごめん、先に行くね

雨音が急にやんでいた。父は忙《せわ》しなく会計を済ませている。よかった、今日いい革靴だから、と笑って、去って行く。土嚢は積まれていない。

秋雨はすぐにあがっていた。

パパのたべあましの鱧も食べる。骨を切る音がつづいている。

すこし肌寒いからストールを巻いて家に帰る。雨が上がって、水たまりをよけてマンションの裏の空き地にいる。ときどきはちわれの猫がくるから、それをみに寄る。なんとなく帰りそびれてしまっている。

空き地ではなく駐車場であるらしいことは、「月極《つきぎめ》」と書かれた平看板が置かれていることでわかる。それでもほとんど車が駐《と》まっていない。久しく乗られたためしのない車が三台ほど隅に置かれてあるだけだった。駐車場といっても、砂利を敷いた更地を、ロープで囲いこんだだけで、ロープのさきは土がむきだしになり、急な斜面につづいている。斜面には、蔓性《つるせい》植物、背の高い木が何本か、はえていた。砂利道には、ざわざわと丈高い草が揺らぐ。セイタカアワダチソウがはえている。

空き地にはすでにひとがいる。少し警戒するが、ときどき挨拶を交わす男だとわかって、白髪のその男と会釈《えしゃく》をする。男には、風貌《ふうぼう》とつりあわない小さい娘がいる。自転車で二人乗りをして通り過ぎるのをよくみかける。娘とはちわれの猫をみていたときに初めて挨拶をした。機嫌のいい女の子だった。

男は、缶コーヒーを片手に、ほつれたオーバーを着て立っていた。斜向《はすむ》かいのマンションの管理室で働いていることは娘からきいて知っている。会釈したきり、ことばをつづけることもなく、セイタカアワダチソウが砂利のあいだからのびているのをみる。丈高く揺れている。男は煙草《たばこ》をとりだして、

平気？　喫《す》っても

あ、大丈夫です

男はライターをとりだして、浅黒い手をかざす。

娘が、と男が言った。

子供用の自転車がほしいっていうんで、買ったんです。補助輪が、とれるやつ。五歳なんですけど。自転車の練習場所にことかいいなって思って

煙草を風下の方で喫う。

いいですね、自転車。私、自転車に乗れないんです

男は、小さい声で、え？と言って、口に手をあてて笑った。分厚い手としなやかな仕草がちぐはぐだった。

自転車に乗るのが私の夢です

アミが教えてくれたハクセキレイが木に止まっている。

ハクセキレイだ

春になるとたくさん鳥が来るよ、ここ、と男が言う。

夜の雲の流れが速い。夜だからみえないけれど、と言って、遠くに建ったビルをさし、このビルとビルの間から、ちょうど富士山がみえるときがあるの知ってる？

斜面をのぼってはちわれの猫がでてくる。金色の目がまるく光っている。

男は煙草をふかしつづけて、

いわいは、しっぽがふたまたにわかれてて
いわい、という猫の名が異様だった。
いわい
お祝い、のいわい
めでたいですね
そう、娘がつけたんです
猫のしっぽは黒くて、ふたまたにわかれているのかよくみえない。五百円玉くらいの大きさの肛門《こうもん》のうすもも色ばかり目立って見える。男は煙草の吸い殻を携帯灰皿にしまって、おやすみなさい、と言って去った。
マンションの玄関まできていわいの性別をききそびれたと思う。金玉があれば雄だと思うがうすもも色の尻《しり》の穴しか思い出せない。
アミの方がさきに家にいた。玄関先で抱きしめられる。
おかえり
ただいま
ねえ、いまハクセキレイがいたよ。猫もやっぱり金玉あるよね？

金玉？

アミが冷えた声で復唱する。それがどうしたの。いや、いまご近所の人と猫の話したから

金玉、というのはめでたい語感があるから、いわいにはついていていてほしいと思う。アミは、いわいをみたことがない。アミはセイタカアワダチソウの茂る裏の空き地をしらない。きっと。

うみは知らないと思うけど鳥に金玉はないよ、とアミは言って、台所にもどる。着生植物がすべてなくなっている。

あれ、どうしたの？

なんか水やり間違ったみたいでミイラになってたから捨てた

アミが鰯を煮ている。うみの梅煮の真似《まね》、なんか急に食べたくて。スーパーで買った鰯を煮ている。

私たちは寝室に入る。いつものようにふとんのなかに入ると、アミがそばに寄ってくる。私の髪の毛をなでて、そのまま背中に触れはじめる。パジャマのボタンをアミは外して、キャミソールの上から乳房を触る。重たい脂肪の塊を、アミがつかむ。体

のあちこちにくちびるが触れる。

私たちがするのは交配だから、愛撫《あいぶ》のようなまどろっこしいことしなくていいよ、と思う。今日は排卵日じゃなかったと思う。交配の練習だと思って、目をすこしつむって、アミが触れるのにあわせて、息を吐く。ごめん、痛い？　とアミが問う。ううん。アミがキャミソールのうえからキスをする。アミが目をみつめる。痛かったら言ってね。うん。快楽だけあればいいのに、みつめあったり、ことばをささやきあったりするよろこびがわからない。私は、これが快楽だと思う信号が壊れている。まぐわうっていうのは面倒なものだった。

林檎《りんご》農家の老婆が頬かむりして、花粉のつまった瓶を片手に、耳かきの先端についているふわふわの球で、林檎の花ひとつひとつに、花粉をつけてゆく。そんなふうに人はいかない。

セックスは甘くてとろけそうできもちよくてせつない。脳の信号が壊れているからか私にはそれがぜんぶわからない。アミの動きにあわせて、声をあげてみる。今日はここまでにしようか、と言って、アミがパジャマのボタンをふたたびかけてゆく。アミの手をとめて、ふたたびはずそうとして、アミに制される。いいよ、うみ、無理しないで、と言った。私たちはまだ交配にいたっていない。

アミの体からは新しいボディソープのにおいがする。清潔すぎる香りだと思った。暗くて、体もみえない。おやすみ、とアミが言った。おやすみ。アミが、好きだよ、と言った。うみ、好きだよ

好きだよ

そうくちにしようとして、そのことばが舌のうえで蒸発してゆく。

寝室には窓がないから朝になったことは携帯電話のアラームで知る。寝室を出てはじめてその日の天気を知る。アミと私はベッドの中で天気を想像する。はれ、あめ、くもり、お天気をさししめすことばを、三つしかもっていないことを、たがいにまずしく思いながら、いつも、はれ、あめ、くもり、といいつづける。

アミ、きょう、はれてる

あ、はれだ

はれだ

はれ

あめだ
あめ
くもってる
くもってる
おてんきはいつも
くもりか
あめか
はれ
そのときどきの天候に即した会話がなされる。

雨
雨

たがいの、くちばしをついばむように、相手の声のひびきをたださきあう。

くもりみはれみ。そういうことばもあったね。古文で習った。「伊勢物語」だっけ。平安貴族は生殖のために歌を詠《よ》みあってたいへんだと思う。私古文の授業のときは、しょっちゅう枝毛切ってた。アミは?

くもりみはれみ
くもったりはれたり
そうそれ、くもりみはれみ

かふちの国　生駒《いこま》の山をみれば　くもりみはれみ　立ちゐる雲やまず　あしたより
曇りて　昼晴れたり　雪いと白う木のすゑにふりたり

なんだっけ、それ
かんじんの歌が思い出せない。歌物語なのに。

ただいま、冷えてきたね

食材の入った袋をアミが玄関先において、たがいにハグを交わす。アミが薄手のチェスターコートを脱いで、外套《がいとう》かけにひっかける。

ねえ、アミ、生理終わったよ

身体《からだ》つらかったでしょ。よかったね

交配できるけどあとでする?

アミは、そうね、と言ったきり、それにはこたえなかった。

うみ、子供はいたら楽しいから、と芽衣子さんが繰り返し言った。芽衣子さんに夕方電話をしたときにも、子供の話になった。芽衣子さんから農園名の書かれた秋摘みのダージリンの茶葉とともに、彼女が載っているダージリンを特集した旅行雑誌がおくられてきた。朝霧のなか斜度のある茶畑にたたずむ母のすがたが見開きで載っていた。

芽衣子さんの新しい恋人は写真家で、シンくん、と彼女は呼んでいる。曖昧《あいまい》な関係はずいぶんまえからとりなされていたようだったけれど、結婚式の直前に、恋人として紹介された。シンくんには妻子がいる。芽衣子さんにも夫と娘がいる。シンくんは、写真学校時代の後輩とできちゃった結婚した、ときいた。

旅行雑誌の企画で、芽衣子さんが契約しているダージリンの茶畑と、芽衣子さんの日本のお店がとりあげられていた。茶葉のお礼の電話をかけたら、エコノミー料金でしか飛行機とれなくてシンくんがかわいそうだったと芽衣子さんが言った。夫婦だったら私のマイルをあげられるのにね。ねえ、うみ、パパってば、私のマイルときどきつかってるの知ってる？

それでも二人が別れないのはよくわからない。うみ、健診ちゃんと行った？　芽衣子さんは卵巣をふたつともとっている。うん、大丈夫だった。いつ腫瘍《しゅよう》ができるかわからないから、うみたかったらうんでおいたらいいと思う。つくれたらつくっておいたら？　そうだね。そう思う。まぁ、あなたの人生だけど。こういうときだけ母めいたことを言わないでほしいと思う。母娘はこうやって交配の話をするものなのかよくわからない。芽衣子さんはわかいころに腫瘍ができて、とった。片方の卵巣から排卵された卵子で私ができた。十年ほど前に、もう片方の卵巣にも腫瘍がみつかった。芽衣子さんはふたつめの卵巣をとったとき、妊娠の心配をしないでセックスができるからいいね、と執刀医の前で笑った。

新しい恋人とも芽衣子さんは続かないだろう。芽衣子さんは、恋人のすべてをほしいと思いながらも、手に入れたら退屈になって手放す。愛が結ばれると同時に彼女はぜんぶ破壊する。手に入れたら退屈になって手放す。それを繰り返している。

寒いから、今日は八宝菜でもつくろうかと思って

スーパーで買ってきた、いくつかの食材を冷蔵庫にすみやかにしまってゆく。うずら、きくらげ、ベビーコーン、豚肉、にんじん、白菜。アミが缶詰のうずらのたまごをとりだす。

去年、うずらをいっしょに我善坊谷でみたことを思い出す。薄《すすき》が揺れていた。あれがうずらだったのか秋草だったのか忘れてしまった。秋明菊《しゅうめいぎく》、トリカブト、吾亦紅《われもこう》、女郎花《おみなえし》。違う秋草だったかもしれない。

交配っていうのさ、やめない？

食材をきりながらアミが言う。私はアミの隣で顆粒《かりゅう》の鶏ガラスープの素を耐熱容器にいれてお湯でとかしながら、なんで、と返す。もっとやわらかい言葉。

私たちは官能をもとめて触れあうわけではないから、交配、ということばが適当ではないかと思う。生物の雌雄の生殖器官のかけあわせによって、つぎの世代ができること。子供をつくること。私とアミの遺伝子を crossing する。私たちが交配を目的にしなかったら、いっしょになることはなかったのではなかったか。どう言おうかわからないから無言になる。アミが肩をたたく。

ごめん、交配ってきくと、なんか緊張しちゃうからアミが、そうそう、と言って、同僚の海外出張みやげだというジンをみせる。淡い水色と白でアメリカの地図が描かれてある。

ウィスコンシン州のジン

DEATH'S DOORとラベルに書かれてある。ジュニパーベリー、フェンネル、コリアンダー、きわめてシンプルな香りだと言って、栓を私の鼻に近づける。

名前すごいね、三途《さんず》の川

三途の川飲みますか。アミが手を拭《ふ》いて、ジントニックをつくりはじめる。箸《はし》でガラスのなかの氷をまわす。

ふたりでジントニックのグラスを傾けて、おつかれー、と言いながら死の入り口味をくちにふくむ。がんもどきが冷蔵庫の奥に転がっていたから甘めに煮る。ジントニックとがんもどきはあわない。八宝菜もあわない。八宝菜のうずらはかたすぎてグミのような感触だった。

浴室からでてバスタオルをまいて寝室にはいる。顔がみえないと危なっかしいから電気をつけてほしいと思うけれど、アミはつけない。

うみ、こっちきて

アミ、暗いよ

アミ、と呼ぶ。アミは応《こた》える代わりに、私の手をつかむ。あたたかい身体がほんとうにアミの身体なのかわからない。アミをアミだとわかるほどアミのことをしらないと思う。あの秋の薄野原で、アミを呼んだことを思い返す。あのときアミはどうやって戻ってきたのか。薄、萩《はぎ》、桔梗《ききょう》、なでしこ。あの日は、アミの身体からジンの香りがした。あの香水をつけていたからアミだとわかった。アミをアミだという気がするのはその香りだけだった。女郎花。吾亦紅。いろいろ咲いていた。季節がめぐって、外の野原ではまた咲いている。わたしたちは交配をしている。妊娠する確率は一周期をとおして三〇パーセントをきることを知った。交配してもなかなか妊娠しないから、排卵検査キットを買った。口紅形の排卵測定器をネットで買った。排卵が近づくと子宮頸管《けいかん》粘液や唾液《だえき》にシダ状の結晶が現れる。顕微鏡で植物の葉脈を確認するように、そのシダ性結晶をみる。理科の実験を思い出して楽しかった。アミには測定器のことは言わない。アミが乳房に顔を埋める。私もアミの耳を舐《な》めてみる。私たちの息からさっき飲んだ三途の川の香りがする。

アミ

アミを呼ぶ。アミはやっぱり応えない。私の足をもちあげる。交配には手間がかかる。植物の受粉のように流れるようにいかない。はじめて交配したときは何の感慨もなかった。アミがずっと痛くないかきいていた。気持ちよくなるといいけど。ううん、いいの。痛くもなければ快楽もともなわなかった。血液がでることもなかった。なにか押し詰まった感覚しかなかった。子宮健診を思い出した。そっちのほうが痛かった。性交経験の有無をたずねられて無いけど念のためやってほしいと頼んだ。アミがドラッグストアで買った潤滑剤をつかう。粘性の高い液体を塗る。乾くと皮膚の薄皮がむけるように、ぺりぺりはがれることがおかしかった。何度も交配して、潤滑剤は必要なくなったけれど、深い快楽はおとずれず、妊娠にもいたらない。アミが腰を動かすから私もそれにあわせて呼吸をする。あしのうらが天井をむいている。最近、アミがときどき白血病の確率を検索していることを知っている。アミはいたって健康そうに私からはみえる。検索はするけれど健診にはいかない。アミの祖母が被爆していることはきいたが祖父がどうだったのかはアミも知らない。広島の福山市にあった捕虜収容所で働いていたということをアミの父親から漏れ聞いたことがあるくらいだった。祖父も被爆しているかもしれない、とアミが言っていた。うみ、うみ、と私の名前を呼ぶアミが射精する。精子のなかには、ひとの素になるこびとがたくさん縮こまっていると、昔は思われていた。そのことをアミの背中をなでながら思い出していた。

性愛は身体が冷える。パジャマを着ようと思いながら、夢が覚めない。ゆりちゃんがこっちをみているから目覚めたくない。夢だとわかってうれしかった。ゆりちゃんからのメールを読んでいる夢だった。なにが書いてあるかわからない。ゆりちゃんと交わしたメールには一度だって内容らしい内容はなかった。雁《かり》はたよりを運ぶというから、雁擬《がんもど》きを食べたから、メールが届いたのかもしれなかった。初雁、雁が音。ことばは知っていても雁がどんな鳥なのかしらない。

ねえ、うみちゃん、しぎがなくわ

目の前にゆりちゃんがいる。言っていることばがききとれない。書いている言葉もよくわからない。しぎがなくわ。雁じゃなくて？　鴫《しぎ》立つ沢の鴫？　ねえ、ゆりちゃん。ゆりちゃんがもう死んでいることがよくわからない。ゆりちゃんの話を誰ともしないからかゆりちゃんが死んでいることがいつまでもわからない。ゆりちゃんはピンク色のマフラーをしている。お好み焼き屋に並んで座っている。ゆりちゃんはあのときお好み焼き屋にいなかったのに、いまは隣に座っている。お好み焼き屋の夢をみている、うみちゃん、と夢のなかで声をかけられている。しぎがなくわ。秋だからね。鴫も鳴く。薄が揺れる。香りの雲がのぼっている。夢をみている。修学旅行の光景が湯気とともにあらわれる。湯気があらわれると高校時代がそこから浮かび上がってくる。生理がこないマイコ。原爆とかテンション下がるわあ、とみんなバスのなかで思っていた。天満川。本川。元安川。京橋川。猿猴川。その水が湯気になっていた。ラクトアイスのしゃりしゃりした植物性油脂のうすい甘い味。それは平和記念公園の売店で買った。赤黒い革張りの丸椅子《まるいす》に私たちは並んで腰をかけていて、お好み焼きをのぞきすぎてめがねがくもっていた。野菜が多いからそんなに太らないかもと言いながらサクラが食べていた。食べ終えたら何でもサクラは吐くから、カロリーなんて関係ないでしょ、とマイコが言っていた。たまごを割る音。水のはじける音、へらの金属音。湯気を思い出す。もやし、キャベツ、それらのうずたかい山。コーラ、オレンジジュース、氷だけになったグラスを首につけて、あついあついと声をあげていた。使い捨てカメラの樹脂製の歯車を巻く音がまたしている。撮った写真はいまどこにもない。ジージー言う音にまじってソースが焦《こ》げてゆく。ゆりちゃんがなにか言っている。夢のなかは六月だけれど、秋が深まってゆく。

結局、ゆりとアミってヤッてたの？

アミに、線がでてきた、と妊娠してることをトイレのドア越しに告げながら、修学旅行のことを思い出していた。広島平和記念資料館の自由行動中、ゆりちゃんとアミが優先トイレでなにをしていたか、という噂話《うわさばなし》は、卒業までことあるごとに、みなのくちにのぼった。ほんとうのところどうだったのか。ほんとうという言葉が馬鹿馬鹿しかった。

生理が一週間遅れていた。アミが、ほんとうに妊娠してるかたしかめようと言って、起き抜けに二人でトイレにむかった。棚をあけて、あらかじめ用意しておいた妊娠検査薬をとりだして、便器に腰掛けながら、それを開封する。尿をかけて一分間待つらしい。赤線が浮き上がってくる可能性が怖くて買えなかった高校時代のマイコのことを思い出した。検査薬に尿をかけることが難しく、尿がはねて手にかかってしまうのが不快だった。あたたかい体液が便器の外にも散る。一分とたたずにすぐに赤い線があらわれた。

妊娠

その言葉をまるではじめて知るような顔で、アミはくりかえしていた。赤い線を確認し、これはまちがいなく妊娠だ、といいながら、iPhone で検査薬を撮る。記念にね。赤ちゃんにいつかみせないと。片方の手で検査薬の赤い線を指している起きぬけの私の写真がアミの携帯におさめられる。検査薬はすぐに捨てた。アミがとっておかなくていいの？　と言ったが、尿に濡《ぬ》れた検査薬をどうすればいいかわからず、アミもそれ以上は言わないので捨てた。アミが私の肩に軽く触れて自撮りした。記念。交配成功の。前もってあたりをつけていた産婦人科にさっそく予約をいれる。妊娠が確定すれば、母子手帳といっしょに、おなかに赤ちゃんがいます、と書かれた洗顔料メーカーのキャラクターに似た母子のイラストのキーホルダーを手渡される。それをかばんにつけても席を譲られることはないことも知っている。

うみ、ありがとう

ありがとう、という言葉に違和感があったけれど、ありがとう、と私も返す。アミが、うみは座ってて、と言って、二人分のうるめいわしを焼きはじめ、冷凍してあった五穀米を電子レンジに放りこむ。昨夜のあまりのわかめの酢の物と、味噌汁をあたためる。食べ終えるとアミはすみやかに魚焼き器をシンクに置き、臭みをとるための漂白スプレーをかけて、会社にゆく身支度をはじめる。

つわり、とか、大丈夫?

まだないみたい

私は、妊娠をしているという実感がまるでなかった。身体に異物ができたことを赤線で知らされる。昨日も妊娠はしていたのに、そのことを知らなかったから、サーモンも食べたしカフェインもとっていた。今日からはとれない。とりあえず白湯《さゆ》をのんだ。カフェインはとらないように、サーモンは食べないように、ナチュラルチーズは食べないように。いけないことばかりなのが妊婦なのだった。

からだに気をつけて。あ、転ばないようにね

アミは出がけにそう言った。符牒《ふちょう》のことばを急に我が身にかけられると不思議だった。私もまた芽衣子さんのように無責任な母になるのではないかとふと思う。アミがいなくなってから、熱いミントティを淹《い》れて、冷凍庫のアイスクリームを食べた。なにかくちに入れないと落ちつかない気がした。乳脂肪分の多いそれをくちに含みながら、平和記念公園で買って食べたラクトアイスがしゃりしゃりしていてなかなか溶けなかったことを思い出す。あのときもうす甘い味がいつまでも喉《のど》にからんでいて、資料館をみているあいだじゅう、喉が甘く濁っていた。

トイレで？　後ろから、バックで、すげえな、ゴムは？　喘《あえ》いで、喘いでって、やだー、声が漏れて、洗面台に手つけてたんでしょ？　手ついて、バックで、やだー、声がきこえてたんだって、漏れて、警備の人がきて、それで？

その話は卒業まで何度もきいた。広島の平和記念資料館の優先トイレの個室で、アミとゆりちゃんがセックスをしていた。どの噂でもアミとゆりちゃんの体位は後背位だった。アミが停学になった理由は喫煙だった。表向きの理由では、と生徒の間では伝わっていた。アミと知り合ってから、彼が煙草を吸ったことは一度もなかった。一緒に食事をとるとき、彼はいつも禁煙席を希望していた。アミが先生にとりあげられたのは、女性が好んで吸う銘柄といわれるピアニッシモだった。

最後までヤッてないんでしょ？　じゃあボッキしながら怒られてたの？（爆）うける

女子生徒二人がルーズリーフに回し書きをして、それを先生に没収されたことがあった。「伊勢物語」の授業だった。その文言を読んだ頬のやたらと赤い男の古典の教師がうす笑いを浮かべていた。貴族は家の存続のために子孫をたやさないことが生きることの本意だから、和歌を詠むのは生殖のためだと教師が言うと、教室内でどっと笑いが起こった。業平が生涯まぐわった女の数は三七三三人、鎌倉時代の注釈書に書いてあるとその教師は言った。

うす笑いを浮かべて、ゆりちゃんに優先トイレでのセックスのことを何度も女子や男子がききにいく。そのたびに、ゆりちゃんは口角だけひきあげて質問には一切こたえなかった。女子更衣室で着替えているとき、ゆりちゃんのジャージがクラスメイトの誰かに隠されたことがあった。ゆりちゃんは探すのもそこそこに、女子だけの体育のときしか穿《は》かないブルマで体育にでた。白い足をみなが横目にみていた。体育着から柔軟剤の甘い香りがしていた。いつも思い出せることばかり思い出す。ゆりちゃんは日焼けすると熱がでるのだといって日傘をさして登校していた。体育をよく休んだ。チア部に所属していた彼女は体育会系クラブの試合の応援を無断で休んでもめていたこともあった。ゆりちゃんがいつから病といっしょにいたのかはわからない。

芽衣子さんに妊娠を伝えると、すぐに葉酸のサプリメントやカフェインレスの茶葉、悪阻《つわり》止めのリップクリームや、妊娠線予防のオイルが何種類も送られてきた。芽衣子さんの恋人はまたかわっていた。写真家だったシンくんとは別れて、やもめの大学教授がいまの彼女のいいひとだった。

その男はモーツァルトが好きで、芽衣子さんをモーツァルトの生家のあるザルツブルクに誘っていた。モーツァルトは生涯の三分の一、三七二〇日もの期間を旅の上で暮らしたという話を芽衣子さんはきいて、どこでも湯をわかして飲める野点《のだて》セットのようなピクニック用のティーセットをつくった。そのセットの売れ行きが好調だと言っていた。その男が出産までいいひとでありつづけるかはわからないと思いながら、年の瀬に、彼女の経営する飲食店でお茶をした。今までのいいひとのなかで、いちばんまともな男だった。いままでのいいひとのなかでいちばんまともで、いちばん話が弾まなかった。男が、胎教にもいいと思います、とモーツァルトのピアノソナタ全集を渡してくる。モーツァルトを一曲もきかないうちに年があけた。

朝から雨が降っていた。寒雀《かんすずめ》が葉を落とした木に止まっていた。アミはまだ地下で寝ている。靴下をかさねばきしていても一月の朝は寒くて起きる。放射性物質をふくんだ春雨のことを思い出していた。妊娠してから、アミは病の検索ばかりしている。アミは生きている時間のすべてで病の準備をしているようにみえる。アミは病にかかった方がいまより心が楽になるだろうと思うことがある。春雨の降っていた日、私は新宿の伊勢丹にむかおうとしていたのに、なぜか末廣亭《すえひろ》の寄席に入った。客足は当然まばらで十人といなかった。こんなときにいらっしゃるお客さんてぇのはよっぽどなおひとですね、と高座にあがった名の知らぬ落語家が表層的な明るさを持った声で言っていた。そもそも二つ目も真打ちもよほどの有名人でない限り私は知らなかった。これ放射能入ってんの？　と笑いながら歩いている女子大生がいた。マイコはハワイに母親と祖母と三世代で行っていた。避難中。うみも来ない？　ハワイで暮らすかも、とメールがきていた。テレビはしきりと安全を繰り返していた。汚染水流出を防ぐためにおがくずをつめていた。高分子ポリマーもつめていた。高分子ポリマーといえば生理用ナプキンできく単語だった。経血もろくに吸いきれず下着が汚れるのだから、汚染水をそれで吸うのは無理だと思った。アミは広島にいた。恋人だった五つ年上のサトミさんが報道を見過ぎて過呼吸になったから瀬戸内の海をみせに連れてきた、と言っていた。サトミさんは二泊だけして東京に帰った。生活があるから、と言って、アミの手を振り払って東京に戻った。アミ君も仕事があるんじゃないの？　サトミさんが言う。アミから私に電話があった。うみもこっち来たら？　動くこともまた動かずにいることもこわかった。冷静でいよう、と言う声がすでに冷静さを欠いていた。芽衣子さんはお店に出荷する生鮮食品のことで悩んでいた。パパは Twitter で知った情報を横流ししてきて、うざかった。

うみ、おはよう

アミが寒そうに階段をのぼってくる。あれだけ怖い思いをしたのに私たちはしれっと同じ土地でまだ暮らしている。空はかわらず雨が降っている。

雨だね

雨。凍雨

アミが今朝も私の腹部に触れる。変化のとぼしい腹部をさする。

おーい、アオ

アミは、私の妊娠を知った日に、大量の育児雑誌とともに、コバルトブルーのよだれかけや陶器のマグカップを買って帰ってきた。青ばっかり。きれいな色だったから買ったの。そうアミは言った。性別もわからないのに。無事に生まれるかもわからないのに。生まれた子供がどんな性かわからないのに。そう思ったが言わなかった。おなかのなかのひとに仮名をつけるといいと書いてあったので、アオ、とつけた。青色のアオ。海の色だよ、とアミは言った。アミの子供だし、アオでいいね。アオ、アオ。アミは子供の名前を連呼する。

アミは靴箱から雨靴を出す。深いグレーのチェスターフィールドコートを羽織り、ボタンを、順番に、かける。少しでもボタンがゆるくなると、アミは自分でかがりなおす。糸の切れかかったコートを頓着《とんちゃく》せずに着る私を、うみのそういうところいいよね、とアミは言う。

うみ、好きだよ。アミが玄関先でゴミ袋を持ったまま、私の顔をみていう。アミは、ゆりちゃんのお通夜《つや》のあと、初めて言葉を交わしたときから私を下の名前で呼ぶ。それが不思議だった。どんな顔をして、お礼を言ったらいいのかわからない。お礼という考え方がそもそもおかしいのかもしれない。

ありがとう

アミは溜《た》め息をひとつして、夕飯はあったかいものがいいね、と言って、頬をすりあわせるようなキスをして出て行く。

夕飯の買い物にでかけるとき、斜向かいのマンションの非常階段全体がブルーシートに覆《おお》われていることを知った。マンションのエントランスで、上階に住む女性からたいへんな不幸が斜向かいのマンションで起きたときかされた。非常階段で管理人さんが転がり落ちて死んだ。管理人、と言われて空き地で会った男だとわかるのに少し時間がかかった。花鋏《はなばさみ》の切っ先が太ももに刺さっていたことも上階のひとからきいた。頭が割れて死んだ。明け方は、サイレンがしきりと鳴りわたり、騒然としていたらしい。周囲の立ち騒ぎを地下室で眠る私たちは知らない。アミが帰ってきたら、このことを話そうと思いながら、家に戻る。男の頭の割れる音を想像していた。湿った骨の音。乾いた骨の音なら知っている。ゆりちゃんの骨をたたくときの音をおぼえている。メレンゲみたいな頼りない音しかしていなかった。ドアを開けながら、アミが家に帰ってくる可能性と同じように帰ってこない可能性もあるのだと、ふと思う。

まだつわりも終わっていないのに、マイコからリボン付きで渡された新生児用のおむつの束ねられた「おむつケーキ」なるものがリビングの横に積まれていた。いつ雪に降りかわるのかと思いながら、眠たくて、ソファに横たわった。目を開けるとすでにあたりは暗かった。かわらず雨音だけしている。おなかがすいているわけではないのになにかくちにしたいから、部屋は暗いまま、バナナをむいて、テレビをつけた。買ったきりろくにみていなかったテレビを妊娠してからつけるようになった。みるためにつけているわけではなかったから音の心地よいものが良かった。力士の名前も技の名称も知らないけれど、呼び出しの声だの太鼓だの大仰なしゃべり方をしないアナウンサーの少し古めかしい声に惹《ひ》かれたのがはじまりだった。ざわざわとした場内の雰囲気が心地よく、みるとはなしにみる。寄り切り、押し出し、声はきこえてきてもそれらのすがたをよくみているわけではないからわからない。すり鉢状になった国技館が遠景でうつしだされる。国技館の屋根の下に、さらに吊《つ》り屋根があるのをみている。中入りの、幕内力士たちの土俵入りがはじまっている。吊り屋根の下にゆっくり集まる力士のすがた。昔の国技館の屋根は大鉄傘《だいてっさん》と呼ばれていたっけ。化粧まわしが光っている。もうそろそろ雪になるかな。このさきの天気を予想する。降水確率のように、アミが帰ってこない確率もぼんやり思う。

TIMELESS 2

ねえ、アオ、夢のなかで、それが夢だと気づくにはどうしたらいいか、知ってる？

うとうとしていたから夢の声か思い出しているだけかわからない。大阪には時刻どおりに着きそうだとバスの運転手が乗客にいう。ちょうど休み時間のころだなと通うのをやめた高校のことを思いだす。車内の暖房はききすぎていて、ぼくはタートルネックの襟を下げる。

六つ年上の姉のこよみが高校生だったとき、彼女は友達を何人か連れて、自宅の屋根にのぼって花火をみていた。

菊と牡丹《ぼたん》ってどう違うんだっけ
尾を引くのが、菊！

牡丹、時計草、やし、しだれ柳、カミクラゲのような冠菊《かむろぎく》、ハートマークのような型物花火、打ちあがるたびにこよみが、日本語と英語を交えて説明する。ネズミに耳をかじられてしまった猫型ロボットの像は風にあおられてゆがんでしまっていた。菊か牡丹、いまのはどっちだったっけと、同じクラスの英子が言う。だから尾を引くのが菊だってば！ とこよみが大声をあげる。菊も牡丹も、本物の花をよくみたことがないから、どっちでもいいような気がしていた。情緒ないなあ、しずかにしてよ、などと言いながらみんな花火をみている。アオもみようよ！ すごいよ！ と声が降ってくる。屋根の上のこよみはぼくの部屋の窓を足で軽くたたく。
その年、ぼくは花火をひとつとしてみていない。酒に酔ってじぶんの部屋のベッドに横たわっていた。八年前の記憶なのに、ずっと昔の記憶だという気がする。思い出されるこよみの年齢より、いまはじぶんの方が年上になっていることがふしぎだった。花火の打ち上がる音だけよくきこえていた。

たまや、かぎや

フランス人のセドリックが言った。

なりこまや

こよみがつづけて言う。

こよみとぼくに血縁はない。血は別でも縁がある。生まれたときから彼女は姉として存在しているからぼくの姉に違いはないのだった。血のつながっている姉。血のつながっていない姉。こよみがどちらであるのかはかまわなかった。ことあるごとにぼくたちは似ているといわれる。血のつながりってふしぎよねー、とぼくたちが似ていることを感心するようにいわれる。こよみは奥二重、ぼくは二重。瞼《まぶた》だけじゃない、眉《まゆ》も鼻梁《びりょう》も骨格も声質だってまるで違うのに、みんな、似ている、という。

こよみの父が死んだ日に、ぼくの父が失踪《しっそう》した。ママがこの話をあらたまってしたのはいつだったか。こよみもおなじテーブルにいた。アオがまだママのお腹《なか》にいたときのはなしだよ、とこよみが言った。お父さんは管理をしていたマンションの非常階段から転がり落ちて死んだ。大雨で、雨水で滑って、非常階段を転がり落ちていった。

ポケットにしまっていた花鋏《はなばさみ》が太ももに刺さって、死んだ。大好きなお父さん。自転車が好きでハンバーグが得意なお父さん。こよみとぼくの。

こよみはお父さんとみたというセイタカアワダチソウのある空き地によくぼくを連れて行った。ここで、セイタカアワダチソウをみていた。ここで、ハクセキレイをみていた。ここで、自転車に乗る練習をしていた。お父さんが死んではちわれの猫もいなくなった。いわいのことをこよみは話した。猫はかわいい。かわいすぎるから飼えないとこよみは言う。

バナナと人間の遺伝子は六〇パーセントも同じだと、ママが昔旅行で連れて行ってくれたワシントンのスミソニアン博物館で、こよみといっしょに、その遺伝子共通ボードをみた。それ以来、バナナをみると、アオちゃん、アオちゃん、とこよみが話しかけたり、ママがバナナに、こよちゃん、あれこよちゃん、と話しかけたりするようになった。それが家族の符牒《ふちょう》だった。こよみとふたりで、バナナをママが寝ているベッドのとなりにおいて、ママをバナナに見たてて噛《か》みついたりしていた。こよみはいまもママをママと呼ぶけれど、ぼくはうみさんといまは呼んでいる。

その年の花火大会の日、ぼくは中学入試の夏期講習を塾で受けていた。家に戻ると、こよみが、アオちゃんこれ食べてて、とママのつくりおきの八宝菜をだしてきた。

げ、また八宝菜だ

すいすい。すいすい。こよみは、湿った不織布でフローリングの床材を磨いている。音楽がちいさくかかっていた。カルロス・ジョビンだった。これはリオデジャネイロのジョビンの自宅で録音されたアルバムだよ、とこよみが言う。MORELENBAUM2/SAKAMOTO「CASA」。八宝菜はきまってうずらのたまごが爆発していた。電子レンジにかけるまえからいつも爆発しているから、音におびえなくていいよ、とこよみが言った。ママはほとんど似たような料理しかつくれない。

一軒家ってめんどいね、とこよみが言う。ぼくたちは数年前に、代官山にあるママの実家で暮らすことになった。はじめはお屋敷風の広大な庭のある一軒家に興奮したけれど、部屋数が多いということはそれだけ掃除の手間もかかった。

こよみの友人たちが陽の高いうちから出入りして、甲高い声がよくきこえていた。英子はこよみの幼なじみで知っていたが、ほかのひとたちが同じ学校のひとたちなのかはわからなかった。こよみの家のワイン全部ＢＩＯでおいしい！ さすがだわー、と言って栓を抜く。セドリックが、手巻き煙草《たばこ》を吸いはじめる。煙草ではないものもたぶん混じっているやつだったけれど、当時のぼくはそういうことは知らない。

セド、けむいのやめて

こよみがセドリックを庭に追い出す。細みの身体《からだ》を庭先のチェアに横たえて、ヘッドフォンでなにかききながらもくもくやっていた。セドリックは、端整な顔をしていて、シャイで、ぼそぼそ、人と目をあわさずに壁をみたまま、しゃべる。日本語は少しだけ知っている。桜の季節には、こよみとセドと三人でソメイヨシノをみたこともあった。セドは小遣いかせぎで最近ファッション誌のモデルをはじめたが、撮影でバゲットを一本渡され、パリジャンぽく持ってみて、笑って、かんで！　かんで！　とバゲットをにこやかにかじる撮影をした。Bite! Bite! そのときの様子をセドリックが物憂《ものう》げにまねする。

キッチンでは、イレーネとこよみが、ラズベリー、マンゴー、果実をたくさんいれたサングリアをつくっていた。イレーネはリオデジャネイロから日本にきていた。もっといい国にきたらよかったのに、とこよみが言う。リオは大気汚染がひどいから。イレーネは父親を呼吸器系の疾病で亡《な》くしている。

アオはアイスティで割って

こよみが、サングリアにアイスティをそそいで、ミントの葉をちらして、わたす。

アオちゃんもお酒のむの？
小学生にのませちゃだめだよー
大丈夫、ほとんどアイスティだから

花火が始まるころ、はやくはやく、とみな屋根の上にのぼってみようとしていた。アオちゃん、花火は？　こよみがきくけれど、ぼくはけだるくてこたえられなかった。アイスティ割を一杯飲んですぐ耳や顔が熱く赤くほてって、頭が痛くなって、じぶんのベッドで昼寝していた。こよみがアオちゃんごめんね、とむりやりプラム味の粉末剤をのませてくる。これ二日酔い予防の薬ね。アラニンいっぱいだからすぐきくよ。

イレーネは花火の音が怖いと言って、鞄《かばん》からヘッドフォンをとりだして、頭に装着しながら屋根にのぼろうとする。

最初は白菊があがる。慰霊と世界平和への願いをこめて、打ち上げる。長岡の花火を踏襲して東京でも行われるようになったのだとラジオできいた。テロがあったんだよね。そう、東京五輪の年に。あー、あったね。めっちゃこわかったよね。明治神宮。銀座四丁目。靖国神社。渋谷の交差点。日比谷線。小規模にいろいろ。最初はどこだっけ。忘れた。打ち上がる花火が、慰霊の花火でもあることをほとんどみんな忘れている。そのときは日本にいなかったからしらない。セドリックが言う。花火の打ち上がる音とともに、セドリックはトイカメラで写真を撮る。イレーネがヘッドフォンをつけたままみている。花火大会の爆発音が怖い、空襲を思い出すから。そう言っていたのは誰だったか。絨毯《じゅうたん》爆撃。三百機のB-29が降ってきてね。しらないくせに。尾を引く玉が怖い。しらないくせに。でも誰かが言っていた。

こよみ行かないの?
まだ十時だよ

ごめん、アオもいるし、明日の朝はやいんだ

花火はすでにすべて打ち上がりきったから、こよみの友人たちは、みな朝までクラブで遊ぶと言って出て行った。

頭痛い。こよも飲み過ぎたかも……

親しい人の前ではこよみはじぶんのことを「こよ」とよぶ。こよみも、アラニンが多量に含有された粉末をたてつづけに二包飲んだ。

おもてでまた花火のあがる音がはじまる。ドンドン、と腹部にひびく音だった。こよみは、東京五輪を思い出すね、と言った。一九六四年の？　やめてよ。二〇二一年だって、アオちゃんほとんどしらないくせに。二〇二一年の夏、こよみは溶連菌をこじらせて真夏に一ヶ月間入院していた。当時、十歳だった。個室の部屋に入院したから、友達は誰もできなかったとあとでこぼしていた。オリンピックも何ひとつみないうちに終わっていった。こよみは看護師にすすめられて、「エヴァンゲリオン」を観《み》

たり、伊丹十三の「問いつめられたパパとママの本」を読んでいた。こよみはオリンピックをみていない。当然四歳だったぼくもなにもおぼえていない。

花火の打ちあがる音がつづいている。今年はやけに長いね、と言いながら、こよみが、ソファに横たわったまま、ブラジャーのホックを外しながら、言う。

アオちゃんさ、最近むかしの映画をみて知ったんだけどね、と言いながら、はなしはじめる。

夢のなかで、それを夢だと気づくにはどうしたらいいか、知ってる？　こよもアオちゃんも、ママも、みんな、よく夢をみるでしょ。夢からでられないときね、いまじぶんのいるここが夢かどうかわからなくなったらね、みっつ、夢かどうかたしかめる方法があるんだって。まずは室内の調光のスイッチをたしかめる。スイッチをきりかえても光量がかわらなければ、それは夢。もうひとつ、デジタル時計を探してその文字盤がゆがんでいたら、それも夢。みっつめはねその、みっつめを、思い出そうとして、思い出せない。なんだったか思い出せない。こよみがふざけて家の電灯のスイッチをカチャカチャ押そうとしたんだったか。人けのないサービスエリアでバスが停まる。トイレ休憩の時刻がきても誰もおりない。

震災の影響で、路面の一部に大きな罅《ひび》が入り、現在も補修工事をすすめております。これよりさき大阪まで、ときおり大きな揺れを感じることがございます。シートベルトを再度ご確認ください。つぎは、名古屋、名古屋。このバスは早期地震警報装置を採用しております

乗っているバスの扉がしまる。わずか二分間でウイルスを除去する車内清浄装置を稼動《かどう》しているというアナウンスもつづけて入る。八年前の地震のとき大阪に干潟ができて長靴がないと歩きにくかった、と車内にいる誰かが言う。此花《このはな》地区だったっけ。地震か。そんなこともあったなとぼんやり思う。こよみは地震のないところに行きたいと言って、ロンドンの大学に留学した。二〇三五年のソメイヨシノの季節になった。こよみとセドリックと桜をみたのはたった一度きりだった。ドン、と花火の打ちあがる音がまたきこえる。それがバスの振動かなにかわからない。地震で路面の一部に大

きな罅が入って、どこもかしこもしばらく揺れていたっけ。八年経《た》つと忘れてしまうものだった。バスが妙に揺れる。思い出しているうちに夢をみているのかもしれなかった。ためしにバスの時計盤でもみようかと思う。ここが夢なのかどうか。さっき関ヶ原を通過した。暖房がやたらときいていて、車酔いしそうで時計がみられない。

〽落花の雪に踏み迷う　片野の春の桜狩り

高速バスで京都に着いてから在来線に乗りかえる。長く座っていたからか腰が痛くなって、奈良に着くまではずっと立っていた。

ねえ、来週ママのかわりに出張に行かない？　奈良だよ

うみさんの仕事の手伝いで、奈良に向かっている。出張というのは名ばかりで、うみさんの会社が輸入しているはちみつを使っているレストランに挨拶《あいさつ》をしにいくだけの仕事だった。アオは時間あるから高速バスで行こう。そう言ってうみさんが席を予約した。

桜でもゆっくりみてきたらいいね。うみさんが出がけに言った。花の違いもよく知らないのに、奈良はしろやまざくらがきれいなんだよ、と彼女自身おそらくみたことのない花の品種をくちにして、〽落花の雪に踏み迷う　片野の春の桜狩り。なにかの詞章をくちずさんだ。懐《なつ》かしいな、でも、これなんだったっけ

高校に入って、うみさんと祖母の芽衣子さんが経営している会社を手伝うようになってから、ますます、うみさんを、ママと呼ぶ回数は減った。高校に通わなくなっても、うみさんは、何も言わなかった。昔からそういう人だった。アオ、最近学校行ってないよね？　行ってないです。じゃあ、制服クリーニングに出そうか、と言って、それ以上学校の話題は会話にのぼらなかった。自分でもどうして学校に行かなくなったのかわからないからちょうどよかった。行くのもたいへんだし行かないのもたいへんなのはわかっている。教室に鞄を置いたまま家に帰ってしまって、それきりになった。教室にいられないから行かない。それだけのことだ。

ぼくが小学校にあがるころ、うみさんとこよみと早咲きの桜をみにでかけた。伊豆の修善寺寒桜は五分咲きで、それを三人でながめた。指がぱつぱつになってもはめつ

づけていたお気に入りの黄色い手袋をこよみはお寺の境内のどこかに落として泣いた。ただ桜をみたということだけしかおぼえていない。温泉につかって一泊した。湯に入りすぎてこよみは鼻血をだした。家に戻ってきて、小腹《こ》が空いたね、とパンケーキを焼きはじめる。うみさんのパンケーキはたいてい焼け焦げか生焼けかのいずれかだった。そのときはすべて焼けすぎて黒ずんでいた。茶葉のかたちをなしていない埃《ほこり》のような茶葉ほど、チャイはおいしいんだよ。ママがめずらしく丁寧にお茶をいれる。芽衣子さんがインドでもつかっていたアルミの薄鍋《うすなべ》にミルクをそそいで茶葉をゆっくり煮出してゆく。それぞれのカップに熱々のチャイをそそいで、シナモンを振って、ぼくとこよみのカップにははちみつを落とす。

ぼくの父が失踪した日に、こよみの父が死した。チャイをのみながら、焦げたパンケーキを三人でナイフやら指やらで剥《は》ぎ取りながら食べてする話なのかはわからなかった。

父親が亡くなって一週間後に、こよみは近所の空き地のセイタカアワダチソウのそばで自転車の練習をしていた。うみさんもまたその空き地に立ち寄っていた。子供用の自転車でくるくると円を描きつづけて走るこよみのすがたをしばらくみてから、うみさんは話しかけた。

私は自転車に乗れないからうらやましい。ママがそういうからおかしかった、と、ふたりが母娘《ははこ》になった日の話を思い出すときに、必ずこよみはそのことばを振り返る。自転車に乗れない大人っているんだーー！　とこよみが大声で言って、きらきら星を歌いはじめる。twinkle twinkle little star… あとは日本語で歌いながら、こよみは円を描いて自転車を漕《こ》ぎつづける。こよみの自転車の速度がはやすぎて、こよみがどんどんバターになってゆきそうだと、かつてうみさんが思ったように、ぼくも思ってみる。その日は曇天でコートを羽織っていても手が痺《しび》れるように冷たくて、自転車のグリップを握るこよみの手は真っ赤になっていた。twinkle twinkle してるから星はきれいなのにね、天文学者は、twinkle twinkle するせいで星のことを地球からは観測できないから、ハッブル望遠鏡が宇宙に飛んだんだって、お父さんが言ってた！　大気が存在するからたしかに星はきらきらするんだよね。うみさんは空をみあげるけれど、曇天で月がでているのかいないのかさえよくわからない。こよみは黙ってぐるぐる自転車を漕ぐ。円を描きつづけて、そのうち溶けそうだった。バターになっちゃうよ。こよはバターになってとけてゆくんだ。こよみがさらに自転車を漕ぐ力を強める。ぐらぐら自転車を握る手がゆれてとけはじめる。ねえ、こよちゃん、お茶でも一杯のまない？　軽いお誘いのはずが、一杯のお茶を飲むだけのはずが、いまも、チャイをこよ

みといっしょに飲んでいる。こよみはバターにならずにママの娘になったんだよね。そう
　まわりには赤の他人を引き取ることを当然のように反対されたけれど、祖母の芽衣子さんだけは反対しなかった。弁護士を通じて養子縁組を結んだ。こよみの血縁には独り身の叔母が一人いたけれど、引き取ることを彼女は最初から渋っていた。その叔母は、うみさんと会うときは常に顔をしかめていたが、それは自分が関与しなくてすむ安堵《あんど》を悟られまいとするこわばりだったんだろうか。どうしてぼくがその表情を知っているのか、わからない。
　こよみは父の話を繰り返した。最愛の父との思い出話が、ぼくにとっての父の記憶にもなっている。
　まいにちのきせつのめぐりをかんじるようにこよみという名前をお父さんがつけた。じゃあ、アオはどういう意味だろう。そう思ってからようやく、こよみのお父さんはぼくの父ではないことに思い当たる。こよみの記憶がぼくの父だから、うみさんが話す、失踪したアミという人がぼくの父だという気が、まるでしない。ぼくは父のことを、どんな時制で話したらいいのかもわからない。家の外で、何気なく家族の話にな

ったときに、一度もあったことのない父というのは、死んだかのように、すべて過去形で語ってもいいのだろうか、それがわからなかった。

アミとアオ。そもそも名前がまぎらわしいよね、とうみさんが笑った。アミは失踪したきり行方知れず、というわけではない。うみさんはアミとときどき連絡をとっている。アミに会いたい？　とうみさんがくちにしたことはなかった。ぼくもまた、その人に会いたいとまるで思えないまま十七年経った。

もう三代目なんですね

黒漆喰壁の内装のレストランに入ると、店主である初老の女性が感慨深そうに声をあげる。祖母の芽衣子さんと同い年なのだと教えてもらった。輸入しているユーカリのはちみつを使ったというショウガ入りマフィンを食べていると、あたたかいほうじ茶が出てきた。秋の夕暮れのようなとろんとした色をしている茶の色で、桃園さんという小さなお茶屋さんから仕入れているときいた。

入りますよ、とやにわに白髪の男が店に入ってくる。ああ、桃さん。このひとが桃園さんだと、店主がいう。桃さんと呼ばれている男が、店主に風呂敷《ふろしき》包みをあけて、木箱を渡す。これが、頼まれたやつね。唐子模様の小さな茶碗《ちゃわん》だった。桃さんの娘さんが趣味で古道具を商っているのだという。

桃さんのお店は長いんですよ。ご創業いつでしたっけ。桃さんは忘れましたと軽く笑んで、店主に、ごめん、お水一杯もらえる？　ときく。男の前にも同じマフィンが出されて、店主が、ぼくのことをいちように説明する。アオさんで三代目になるのだというと、桃さんは、そうなの、ぼうやたいへんだね、と相づちもそこそこに大口でマフィンを食べた。うまいね。これ

アオさん、おいくつ

こんど十八になります

そう。高校生？

行ってないけど、そうです

いいねえ。ぶらぶらしたらいいよ

桜でもみて帰ります

じゃあうちの桜でもみて帰るか、と桃さんがいった。市内の桜はどこも花を落とし

ていた。

うちの桜は、ちょうど満開だから

そうですか

うちは冷えて、開花が遅いの

桃さんの家は、墓地に隣接していた。あれ、お茶屋さんは？ 店は、通り一つむこう。桃さんがさっさと家に入ってゆく。広い土間には崩れかけた五輪塔が何基か置かれてあった。段差のきつい上がり框《かまち》をよじ登るようにしてあがり、畳敷きの部屋に座ると中庭がみえる。窓一面、桜花でいっぱいだった。すごい。なにか淹《い》れるから待ってて、と桃さんが襖《ふすま》のむこうに行く。部屋のむこうにおびただしい数の本が積み上がっているのがみえる。広くはない家屋のはずなのに気配も足音もすぐに消える。

庭の桜木の下にはシャガが一面植わっていた。中庭のはずなのに、その庭の奥がみえない。風もないまま桜花が散って、シャガの上に落ちる。シャガも桜も湿っている。桜木の裾《すそ》にじゃれるようにして白鷺《しらさぎ》が立っている。白鷺のはずはないのに白鷺にみえる。桜が散る。足音が急にきこえて、振り返ると、コーヒーを持っている。

砂糖とかいる？　黒いやつしかないけど
このままでいいです。ありがとうございます
お茶屋だから、煎茶《せんちゃ》か何かでてくると思ったのに、さっきお茶はのんだだろう、と桃さんが、先回りしたように言う。
桜を家に植えるのは狂人のすることだって昔の人は思ったらしいね
そうなんですか
そうだよ、桜は山にみにいくもの。桜狩りって、知らない？
知らないです
そう言ってから、かつて西郷山公園でこよみとセドリックといっしょに桜をみたことを思い出していた。あれも、代官山の、西郷山の、山桜と言っていいんだろうか。
漆喰壁に子供の描いたような人の顔の絵があった。娘がね、むかし描いたやつ。もういい年だけど。すごい古い家ですね。江戸時代とかですか？　桃さんはあきれたように笑って、昭和後期の家です、と言った。コーヒーを飲み終えたら失礼しようと思

うのにいつまでも飲み終わらない。山桜の太い幹は苔《こけ》で青みがかっている。へ落花の雪に踏み迷う　片野の春の桜狩り。へえ、よく知ってるね。知らないけど、うたえます。「太平記」だね。片野の桜が何桜かはしらない。片野がどこかもわからない。桜の木をながめる。目をそらしてまたその木をみると、大島桜の白く細かな花がみえる。白い花弁がきれいだと思うと、今度はそれがソメイヨシノにみえる。太白《たいはく》、普賢象《ふげんぞう》、妹背《いもせ》、目をむけるごとにとりどり変わる。修善寺寒桜。彼岸桜。しろやまざくら。陽が暮れてきゅうに空が曇り庭先も暗くなるから、いったいなにが咲いているのかもうわからない。さっき白鷺が桜の下にいたと桃さんに言うと、それはこの古染付かもね、と返ってくる。桜花をみに、古染付の白鷺が飛んでくる。皿には、呉須《ごす》で描かれた鷺が一羽、矢羽根模様のなかに立っていた。

あ、この鳥、さっき、木の下にいました

桜でもみてたんだろう

ずっと皿にいたら退屈でしょ。たまにはぶらぶらしないと。ものも人も。アオさんさ、学校行ってないんだったら、しばらくここにいる？　桃さんが軽い調子で言う。

そんな簡単に、ここにいるともいえない。でも、そうさせてもらいます、とすでにこたえている。いつまでもコーヒーが冷めない。あんまり桜をみてるとあてられるよ、と桃さんが笑う。桜に酔ったから、そんなふうにこたえているのかもしれなかった。アオさん猫好き？　わからないです、触ったことないし。へえ、猫触ったことないの。桃さんは、猫に触ったことのないひともいるのかと、むしろ感心した様子で、うちにいると、猫の世話もあるんだけど、アレルギーあるとたいへんだろうから。暴れる猫の首つかまえて蚤取《のみと》り薬落としてやったりするのできそう？　あれ高いから、ちゃんと命中させないともったいないんだけど、よくはずしちゃうんだよね。三毛猫のオスがいたら、その子は三味線だから薬落とさなくていいから。うまく薬おとせたら日当はずむよ、と思いのままに桃さんが話してくる。三味線の猫って何ですか？　あ、しらない？　むかしの上等な三味線は三毛猫の皮をはいでつくったんだよ。表がネコで裏はイヌ。うちがあずかってる三味線は両方猫。猫の皮は薄いからうまい人が弾かないと皮があっという間に破けちゃう。義経千本桜の狐《きつね》忠信とか、昔からあるでしょ。あれは鼓《つづみ》の皮が夫婦《めおと》狐だった子狐の話だけど。はいはい、とすべてを肯《うべな》ってから、要は猫の世話のバイトですか？　とたずねてみる。庭にふたたび陽がさしこむ。桜もシャガも草木も光って、目の前が何桜かもうわからない。桃さんがこたえる。

猫の世話、タイムスリップ付き

しいてあげれば、それが仕事。桃さんは言うだけ言って、立ち上がる。猫の世話、タイムスリップ付き。繰り返しぼくもくちにする。

コーヒーのおかわり淹れようか？

まだいただいています

猫の世話はできそうだった。食事の支度と片付け、トイレの砂をかえたり、蚤取りの薬をおとしたりする。しかしタイムスリップがわからない。タイムマシンとか、冷凍睡眠とか。ＳＦをもっと読んでおけばよかったと思っていると、桃さんが、そろそろ夕飯の用意でもしようかなとふたたび襖のむこうに行く。

アオさんも来る？

襖のむこうは書棚だった。さっきみたときは広大な空間にみえたのに、中に入ると狭かった。おびただしい数の書棚や読むことのできない書付の貼《は》られた桐箱《きりばこ》の間を通ると、二階につづく階段がある。勾配《こうばい》のきつい階段に足をかけるとぎいぎい音がする。さっき桃さんが登ったときはこんな家鳴りはしていなかった。鳴らないように登るコツがあるんだよ、と聞いていないことも桃さんはこたえる。ここは昔質屋だったみたいで、一階が店で二階が住居。いまは一階が居間だから、二階でコーヒー淹れても一階でのまないといけないの。へんでしょう。二階にあがると小さな台所にでた。よく磨かれた鍋が壁面にかかっていてがらんとしている。娘が帰ってきたときに飯がないとあの子怒るからと口をへの字にする。

アオさん、三味線の猫がいるってきいてどう思った？
三味線の猫がいるんだ、って思いました

桃さんは手を洗う。

そうそう。三毛猫のオスで、猫の脇《わき》の下の薄いところを剥がしてね。弾くといい音がする。でも、ういろうが好きで、うんこもする。爪《つめ》も研いだりする。ただの猫にしかみえないから、そんなにかまえなくていいから。不動産の物件情報とか、まだ学生だとみないかもしれないけど、南面日あたり良好とか、床暖付きとか、暖炉付きとかあるのと同じで、タイムスリップ付きなのここ。ときどきおかしくなっちゃうんだな、と思っていてくれたらいいし、思っていなくてもなるときはなっちゃうし……

まぁたぶん大丈夫だから。アオさん、ちょっとお手伝いして

なんの手伝いかと思えば、ごぼうのささがきだった。ささがきしてと言われても、ささがきがわからない。笹搔《ささが》き、笹の葉の形にみえるから笹搔き。小さなよく尖《とが》った包丁でごぼうをうすく削ってボウルに落としてゆく。しゅっしゅっと。まわしながら。わかった？　最初は均一に削れないし分厚くなるけど、それもおいしいから。包丁をにぎっていると、猫が入ってくる。小さな黒猫が様子をうかがう。あ、この猫のことかとおもえば、猫は足下にもいる。きづけば食器棚の上にもいる。猫。猫。十匹くらいが出入りしはじめる。どこにいたのかと思うと、台所の勝手口に大きな穴があいていた。その穴から猫は台所に入ってくる。猫は足音がしない生きものなの。気づいたらとなりにいるわけ。笑った顔の猫だと思えば目がない。まぶたを閉じたままさかん

にあしもとをかぎまわる。耳にこぶのある猫。はげた猫。桃さんが柄で判別して、と言って、模様の名をくちにする。猫の模様の名前は楽しいんだよ。さばとら、きじしろ、きじとら、くろしろ、ひょう、はちわれ、どれがどれかわからない。とりどりの猫があらわれる。猫又が鍋のだしをねらって桃さんにしかられている。となりの墓地でほとんどの時間を猫たちは過ごすらしい。桃さんが勝手口をあけると、鉄製の外階段が路地につづいていた。むかしは家の人とか、出入りの業者はこのお勝手口をつかってた。水道で手を洗っていると小さな黒猫が蛇口から水をのもうとする。洗われてあった大きな皿に、香ばしいキャットフードを盛る。歯のない猫には缶詰とさしみを機械にかけてペーストにする。若猫はカリカリ。食の細くなった老猫には鰹節《かつおぶし》をふりかけてやる。ぐーちょきぱーこめこぱんこすけろくあげまきいきゅうさん桃さんが名前を呼んでゆく。タケシと呼ばれている三毛猫のオスがいた。ふつうの名前がいちばんいいようにきこえる。あ、これが三味線の猫かと思う。タケシだけは、食べ終わってもで第一次南極観測隊にいた雄の三毛猫の名がタケシだからね。ふかふかした毛並みだった。

っても外には出ずに書斎につづく家の階段をおりてゆく。

できあがった料理を下に運んで、膳《ぜん》の用意をする。娘さんの箸《はし》にはすべりどめの刻みがこまかについていた。ぼくの箸は客用の割り箸。二膳だけ用意して、桃さんの箸がない。

あれ、桃さんは食べないんですか?

おれ夜は食べないの

そろそろ帰ってくるよ、というその声にしめしあわせたように、娘さんが帰ってくる。ただいま、つかれたー、おとうさんごはんなに? 矢継ぎ早に話す女の人だった。誰? えっと、どちらさま? 不審そうに、ぼくをみる。

しばらくここにいることになった、アオさん

こんばんは。アオです

初子《ういこ》です

おじゃまします

歩き神に憑《つ》かれたか、桜に誘われたか。どっちもです、とぼくはこたえる。初子さ

んはゴム引きの青いレインコートを脱ぐ。彼女から藁《わら》のにおいがする。雨など降っていなかったのに、レインコートから滴《しずく》がいくつも土間に落ちる。いままでね、茶畑にいたの。藁をひたした水を茶畑にかけてゆくと甘いお茶になるのだと言った。アオさんは紅茶葉を輸入してる店の三代目、と桃さんが言った。まだ、全然、みならいです。初子さんは、聞いているのかいないのか、たいへんだそれは、と言いながら、雨靴を脱ぐ。

初子さんは、まとめた髪のすべてが白い。白髪であるには顔が若すぎるから染めているのかもしれないけれど髪の根までいちように白く、ほとんど銀色に近かった。地毛ですか？　そう地毛、いるでしょ、白髪になりやすい人、お父さんも四十でまっ白だったよ。桃さんの頭髪もまた白髪だった。髪の毛が短すぎて気にもとめなかったけれど。

きんぴらごぼう
赤味噌の麻婆《マーボー》豆腐
たけのことわかめの煮もの
赤かぶの漬物

三人で卓をかこんで食べはじめる。わーいつもより豪華。アオさん、ようこそ。いただきます。おなかすいた。初子さんが箸をとる。その箸をにぎる手姿がなにかへんだと思う。初子さんの右くすり指は欠けていた。爪がないのか、関節がないのか、はっきりとみていないからわからなかった。みたことを悟られまいとしたけれど、初子さんは視線に気づいて、この家で落としちゃったから指が短くなったのだ、といってくる。家でですか？ そう。うそうそ、地震のときだったかな、子供のころになくしたの。そう初子さんが笑う。桃さんがさっきレストランの店主に渡した唐子染付の話を初子さんにする。日本酒の香りの残る麻婆豆腐をよそうと、桃さんが、あ、お米いる？ とそれにこたえるまえに麦入りのごはんを盛ってくる。初子さんは、小枝みたいなごぼうだと、ぼりぼりかじる。桃園のほうじ茶がとてもおいしかったというと初子さんが誇らしそうに笑む。おいしいでしょう。ありがとう。桃さんと初子さんは、ゆずりうけた茶園でお茶をつくっているのだといった。もとは私たち、この土地のひとじゃないから。私たちの家は前の地震で流されて、ここで商いをすることになった。自分で選んだ仕事じゃなかったけど、それもまた人生だね、って。アオくんだって、そうでしょう。ちいさいけれど忙しい茶園だよ。忙しくて気づいたら時間が経ってる。

地震が八年前のことなのかはわからない。もっとまえのことなのかもしれない。初子さんが、地震のときにお母さんがいなくなって、という。いや、地震は関係ないよ。桃さんは、手で赤かぶのしんこをかじる。湯飲みに粉を湯でといたものを飲んでいる。人はあるときふいにいなくなる。猫もふいにいなくなる。

ぼくの父もいなくなりました

妊娠中の妻を置いていなくなる。恨み節をいくら言ってもふしぎはないのに、うみさんは、アミという人の悪口を一度も言ったことがない。子どものころサンタクロースからのプレゼントとして、グラースから小包が届いた。こよみ、ぼく、うみさん、三人に届いた。メッセージカードにはそれぞれの名前だけ書かれてあった。はじめはひらがなで大きく名前だけ書き付けられていた父の文字。名前を書いた後、なにか言葉を書こうとして書くことができなかったのかもしれない。ほんとうにそうなのかはわからない。包装紙からはいつもユーカリの香りがしていた。なかみはふつうの市販のおもちゃだった。レゴブロックだったり絵本だったり水彩絵の具だったり年によってさまざまかわる。うみさんにはいつも手書きのラベルの香水が届いていた。こよみは、サンタクロースが住んでいるのはフィンランドだと絵本で得た知識をもとに推量していた。グラースはフィンランドじゃなくてフランスの都市。小高い丘からはカンヌ湾がみえて、地中海性気候にめぐまれた温暖なところ。香水につかう植物を栽培しているから、箱からも香りがするね。だからママには精油や香水が届く。それがサンタではなく父からのプレゼントだと気づいたのはいつだったか。どうして父はぼくたちに会わないのか。どうしてぼくは父に会おうとしないのか。そもそも父はぼくに会おうと思ったりしたことがあるのか、ときどき思う。一度も会ったことのないひとのことなんて想像しようがない。いなくなった父のことを思うとき、ぼくの人生に起きていることのはずなのに、誰かの身に起きたかのように、遠くでそれを思う。いつもどこかじぶんごとにならない。アミが死んでいたら、もう会うか会わないか悩まなくていい。会いたいと思ったっていい。会い損ねてここまできてしまった。こよみの死んでしまった父がうらやましくなる。こよみの前では絶対に言えないけれど、そう思う。

アオってきれいな名前だね

初子さんは箸をにぎり空で書く。色の青？　カタカナです。母がうみ。海の色が青いからアオ。いなくなった父のアミがつけたと言った。はじめてうみさんとこよみ以外の人にアミの名をくちにした。初子さんは、若竹煮をれんげですくう。あたたかな汁は澄んだきつね色をしている。

あおさんうみさんあみさん……みんな二文字だね、おねえさんがこよみさん

そうです

食事の後、ほうじ茶はお店で飲んだだろうからと、釜炒《かまい》り茶を初子さんが淹れる。これは佐賀のね。昔栄西さんていうお坊さんが宋からもちかえってきて、山に植えたのがこのお茶だっていわれてるんだよ。深い緑に浮いた毛茸《もうじ》が光っていた。桃さんはあぐらをかいた姿勢で眠っている。桃さんの身体は、老齢のはずなのにやたら筋肉質だった。

茶摘みのころまでいられたら嬉《うれ》しいです

初子さんが、桃園には、樹齢百五十年、三百年、と芽をふきつづける茶の木がたくさんあるという。そんなにお茶は私たちとしてはおいしくないんだけどね。でもありがたい茶の木だからみんなで摘み取る。新芽がふいてふいてとりきれない。はしごにのぼって摘んでみたらいいよ、と初子さんが言う。

あまり長居していると帰れなくなるかもね

ここ妙に居心地いいの。初子さんは、客用の敷き布団《ぶとん》を運んでくる。今日は居間で寝てもらえるかな。明日、アオさんが寝起きできる部屋をつくるから

風呂からあがって、ふたたび、居間に戻る。小さな電気スタンドをつける。外の山桜がどうなっているのか、ガラスが反射して自分の顔だけうつってよくみえない。かわらず咲いているはずだった。旅館にきたように、水がコップに入って枕元《まくらもと》に置かれてあった。ずっとしまわれていたはずの夜具だというのにふかふかだった。来客があることをわかっていたのではないかとふと思う。初子さんが、この家にはふしぎなことが起こるかもしれないけどふしぎなことはどの家にも起こるからあまりきにしない

で、と言った。たしかにそうだなと思う。そう思う前に眠っていた。眠りながら思っていた。物音がしている。足音がする。初子さん、桃さん。足音の数が多い。猫かもしれない。猫は足音をたてないときいたっけ。地面が揺れている。地震かなと思う。コップの水が揺れている。コップの水をみていないのに、わかる。

地震だ

あのときもこよみが目の前にいないのに、こよみの声をきいていた。

地震だ

地震

揺れてる

南海トラフという言葉は学校の防災訓練でいやというほど聞いてきたのに、ほんとうに来るとは思っていなかった。たしかに近いうちに地震が起きるらしいが、少なくとも今日起きたりはしないだろう、と思い込んでいた。起こってからようやく、地震は来るものだとわかった。学校をさぼって家にいたぼくは食器棚から飛び出して割れる皿を前に足が震えていた。鼻を動かすとひとりでに家がきれいになる魔法をつかう女のすがたを唐突に思い出していた。ママに連絡をすると水道が止まる前に風呂場に水をためるようにいわれた。こよみが学校から帰ってきてふたりで抱き合った。十月だったのに、一切電気がつかないとコートが必要なほど寒かった。ママは夕方に戻ってきた。ヒールをへし折って歩いて戻ってきた。ママは、ああ、この感じ、懐かしい、と言って、ひっくりかえった食器棚をみた。二人が無事でよかった。こよみがカセットコンロで湯を沸かして鍋をつくった。電源の切れた冷蔵庫から物をだして、鍋に投げ入れる。

腐る前にぜんぶ食べよう。秋口でよかったね

眠るのも怖くて、余震がときどき起きるなか、懐中電灯で、ふだん誰も立ち入らない部屋に置いてあった、旅行鞄《かばん》のようなものをママがだしてきた。これ、ママもちょっとしか聴いたことないけど。どうやるんだっけな。鞄は、てまわしの蓄音機だった。こよみが、SPレコードの盤を何枚もみる。エジソンが円筒型蓄音機を発明したのは一八七七年。ベルリナーが蓄音機(グラモフォン)と平円盤式レコードを発明したのは一八八七年。日本ではレコードは写声機平円盤と呼ばれて、最初に吹きこまれたの

は秋田おばこ節だった。SP、EP、LP……

レーザーディスクってあったよねえ

なにそれ

なんだっけ

なんだっけ。そう言ったのはママだった。うみさんの方がどうして古い機械を知らないのか。こよみは、お父さんといっしょにレーザーディスクでアニメをみたことがあると言った。大きなCDみたいな円盤で、重たい。しかもじぶんでひっくりかえさないといけない。それでアンパンマンをみた。

ぼくもこよみもレコードがどうして音を鳴らすのかわからない。うみさんもかつてパパに教えてもらったはずなのにいまだにしくみがわからない。記憶された音の溝。針の振動で音楽として再生される。レコードを聴くときは竹針をあえて選ぶんだよ、と知ったような口調でパパが言った。竹のほうがレコードを傷《いた》めないからね、と言って、勝手に台所で蠟《ろう》で竹針を煮始めた。竹針はうまくつかえるものにならずすぐに鉄針に戻った。てまわしでいろいろな音楽を聴かせに遊びに来て、やがて飽きて、この家に置いたきりになった。

電気が来ない日には電気の通わない時代の音をきくのもいいとのんきなカリプソをかけた。樹脂製の円盤がぐるぐるまわる。レコードに描かれた黒人男性の陽気な顔。思ったより居間に大きく音が響いていた。

Marie Bryant/DON'T TOUCH ME NYLON

スティール・ギターのゆるやかな響きで時空も間延びしそうだった。こよみが、なにか食べていないとこわいと言って、冷蔵庫に入っていた大根をペティナイフで切って、トリュフ塩を振って食べる。ぬるくなっちゃうからとか言って、うみさんもシャンパンをあけて飲みはじめながら仕事をしていた。

こよみは、古典の授業をうけていて地震に遭った。象潟《きさかた》や雨に西施《せいし》がねぶの花。おくのほそ道を読んでいた。象潟は、一八〇四年の七月にマグニチュード7・1の直下型大地震がおきて三メートルも地面が隆起した。朝日花やかにさしいづるほどに、象潟に舟をうかぶ。一六八九年、芭蕉がたずねた元禄二年は潟湖だった。鳥海山の山体崩壊で流れた大量の土石が海に流れ込み、潟湖と大小さまざまの島が形成されて、あたりは八十八潟九十九島《くじゅうく》と呼ばれていた。その美しい潟湖が一瞬にして隆起した。えーっと、みなさんは知っていますか。生涯わずか十敗しかしなかったといわれる江戸時代最強の相撲とりは誰か知っていますか。そう雷電為右衛門《ためえもん》です。雷電為右衛門は、ちょうど象潟の地震のことを記録に残してます。かべこわれ家つぶれ石ノ地蔵こわれ石とうたヲれ、大じしんヨリ下ヨリあがりをかとなり申候《そうろう》。満潮時には、首くらいまであった水がひいて大津波がおしよせる。九十九島はいまは田園になっています。そんな話を先生がしていたら、地面が揺れはじめていた。象潟地震がきたのかと思った。こよみが怖くならないようにカリプソを何度もかける。体育館に集まって避難しているとき、将棋部の男子が、体育館の床に将棋盤をひろげていた。しばらくして、あ、なんだ揺れてるのはぼくだった、と、貧乏揺すりをしているじぶんの身体を余震と取り違えていた。

地面が揺れたと思ったら朝だった。おはよう。大丈夫？　眠れたかな。初子さんが階段を急いで降りてくる。あ、すみません、急いで起きます。アオさん、すこし掃除を手伝ってもらえる？　お茶がらをまいて、掃き掃除をすると畳がきれいになるから。

はい、とくちにしながら、朝桜に目をむけた。この桜ね、十抱えある。私たちが来たころより、どんどん幹が太くなってる。大きいでしょ。きれいですね。山桜の白と萌《も》えた葉のみどりが光る。きれいだけれどみすぎないほうがいいよ。初子さんが桃さんと同じことを言う。

アオ、八十八夜に摘んだお茶を飲みたい？

八十八夜に摘んだ茶を飲むと不死になる。昔からの伝承だと祖母の芽衣子さんから子供のころに聞いた。奈良の山奥にある茶畑は毎日八十八夜だと言っていなかっただろうか。蜘蛛《くも》の糸、酒呑《しゅてん》童子、日本の古い話を読んでいたときに、祖母が言った。なんで不死になるの？　芽衣子さんはわからない、と言った。芽衣子さんがかつて病室で話したことばを、布団をたたみながら思い出していた。

芽衣子さんの病室では音楽がかかっていた。あらゆるひとがうたう Águas de Março がかかっていた。Waters of March 三月の水。南半球のブラジルの三月は夏の終わり。雨がよく降るから大水になる。芽衣子さんは夏のブラジルを知らない。芽衣子さんが一度だけブラジルに行ったときは紫雲木《ジャカランダ》が咲いていた。紫の雲。美しい漢字だった。十一月の春、一度だけ行ったことがあると言っていた。恋人と行ったのよね。それが誰のことかはわからない。芽衣子さんはいつもちがう恋人がいた。芽衣子さんも誰と行ったのか忘れてしまっているようなくちぶりだった。ジャカランダの花の形はノウゼンカズラに似ている。ノウゼンカズラがぼくにはわからなかった。うみさんもたぶんわかっていない。花の咲くころに雨が降ると、地面が紫のちいさな花で埋まる。ジャカランダの青みの強い鮮やかな色。藤に似た甘い香りがする。

リオデジャネイロは一月の川という意味だとこよみの友人だったイレーネが言っていた。River of January. 一五〇二年の一月、ポルトガル人探検家ガスパール・デ・レモスたちが土地を発見した。グアナバラ湾の細長い入り江を川と見誤って名付けられた。一月のまぶしい水。いまは川で泳いだら皮膚病になるけれどね、と水質汚染を自虐《じぎゃく》してイレーネは笑っていた。大気汚染でイレーネの父親は亡《な》くなっていたんだった。イレーネももうこの世にいない。

芽衣子さんが繰り返しきいていた、三月の水。芽衣子さんが入院したのも二〇二四年の三月だった。ぼくが七歳になる年だった。かつて起きた大震災の風化を防ぐためのドキュメンタリー番組がテレビから流れていたけれど、消音になっていた。

日本では春なのに、南半球では夏の盛りが終わる季節だと思うと楽しいね。芽衣子さんはそう言っていた。危機のときにきく音楽だと言っていた。Antônio Carlos Jobim の「JOBIM」、Elis Regina と Jobim のデュエット、くずしてうたう低音が心地いい Cassandra Wilson、日本語でうたう Kyohei Sakaguchi、Holly Cole、ポルトガル語はまるでわからないけれどこよみは耳が良かったから病室できいてすぐにおぼえて歌っていた。うみさんもときどきくちずさんでいた。É pau, é pedra, é o fim do caminho、枝、石ころ、道のおわり、この世を構成することばをうたう。ぼくもうっすらとおぼえている。こよみは芽衣子さんと仲が良かった。こよみの耳がいいからと英語を習わせたり留学するようすすめたのも芽衣子さんだった。

初子さんに呼ばれて、朝食をとりに、二階にあがる。顔を洗って、急勾配の階段をあがるとうしろから猫がくる。タケシだった。おはよう、とタケシに声をかけるけれど階段をさきにのぼっていってしまう。初子さんが、あらためて、おはよう、と言う。ぼくもおはようございます、と返す。朝日がよく入る台所だった。光を浴びていっそう透きとおる白い髪をみていた。昨夜みたときよりも初子さんは若くみえた。タケシの他に何匹か猫がいるから、待ってね、と言ってドライフードの保存壜《びん》をあけると、勝手口から猫がまた入ってくる。

地震、ありましたよね

たしかに明け方に地震があったはずだけれど、それが夢の中のことだったような気もしていた。地面が揺れることも不思議だけれど、どうしてときどきしか地面が揺れないのかがふしぎであると小さいころに思った。同じようにいつも地面が揺れていないことをふしぎに思ったのは三浦梅園だったか。地動くを怪しみて、地の動かざる故《ゆえ》を求めず。地震をあやしむこそあやしけれ。天地の条理を追究した三浦梅園の思考から何百年経《た》っても、いまだに天地のことは解明されていない。地面がどうしてふだんは揺れていないのかぼくはわからない。

揺れたかもね。熟睡してたからなあ

初子さんがもう地震じゃ驚かない、と笑いながら、あしもとで鳴いているタケシを撫《な》でる。いまいる猫たちは「ぐー」と「ちょき」と「ぱー」だと思うが、わからない。

ぼくのすねに三匹が頭をこすりつけてくる。

おさきに

初子さんは、そう言って、焼き上がったばかりのトーストパンのうえに、くりぬいた半身のアボカドをのせた。塩胡椒《こしょう》を振って食べはじめる。ぼくは、浄水器の水をのみ、トーストがやけるのを待った。

初子さんは、朝食をたったまま食べる。台所の窓からみえる墓地をながめながら食べている。卒塔婆《そとば》が光っていてきれいだね、と言った。食器も包丁も、シンクも光る。朝日が差すといろいろなものがみえる。古い家だけれど台所の床はぴかぴかしていた。光をうけてさらにこのぼろさがあらわになっている。漆喰の壁は白く、罅《ひび》が大きく何本も走っている。

アオさんは座って食べる? ぼくはちいさい丸椅子《まるいす》に腰掛けた。かんたんなご飯だから下でわざわざ食べるの面倒じゃない? 朝になっても三毛猫のタケシは三味線に戻っていない。そもそも三味線になっているのをみていなかった。初子さんはつまさきをあげたりのばしたりしながら食べている。これ、ヒール履く人は上下運動した方がいいんだって。私履かないけどね。かじりかけのところにほんのすこしオリーブオイルをたらす。油を舐《な》めにタケシが寄って、初子さんの指を舐める。皿をつかわないからパンくずがシンクにおちる。シャツにもついて、初子さんはそれを指でつまむ。

初子さんのくすり指は、今朝も欠けていた。夜に欠けていたのだから朝も欠けているほうが当然といえば当然なのだった。オリーブオイルをアボカドにさらにたらし、桃さんはもう店に行った、と初子さんが言う。

アオさん、たまごもあるよ

トーストパンにアボカドをのせながら、目玉焼き食べる？　と初子さんが問う。もしあればぜひ、とこたえると、冷蔵庫にあるから好きにつくっていいよ、と初子さんは言った。ぼくは、どこか釈然としない気持ちで、冷蔵庫をあけてたまごを、ひとつ、ふたつ、とった。初子さんも食べますか？　半熟？　かため？　どっちですか。たずねるよりさきに、半熟で、と返ってくる。はい。ごめんね、私火が怖いの、と初子さんは言った。トーストを立ち食いしながらつくったから目玉焼きができるまえに食べ終えてしまった。ぼくも初子さんも目玉焼きだけを食べた。初子さんは、洗い物はひとっとしてふやしたくない、などといって、へらで目玉焼きを食べた。フライパンに半熟の黄身がくずれるとへらでそれを舐める。たいへんなずぼらだと思ったが、器用に食べるから、そのすがたがきれいにみえた。

玄米茶いれようか

食事のあと、初子さんが淹《い》れる。電気ケトルならいくらでも大丈夫だからと、急須にそそぐ。すごいよね、火がないのに湯がわくなんて。熱湯によって玄米の香ばしさがひろがる。これはどこだっけな。八女《やめ》かな。ずいぶんお茶屋やってるのに、全然わからなくて。おいしいなぁっておもうんだけどね。すぐ忘れちゃうのうぐいすがさかんにさえずりだす。春告鳥だけれど、さいきんは夏の終わりまで鳴いていると初子さんが言った。

このあたりは空き家が多いから狐狸《こり》もたくさんでるよ

うぐいすはかつて春の深まりとともに山に籠《こ》もって巣をつくるはずだった。いまは空き家がふえて家が建っていたすがたもみえないほど藪《やぶ》が濃くなったところにうぐいすが巣をつくる。空き家の屋根の上でよく鳴く。

私が小さいころはうぐいすは山深くにいたけどね

子どものころを思い出そうとしても、うぐいすよりも三月の水が流れはじめるばかりだった。ジャカランダの色も思い出す。みたこともないのに思いだす。それは三月には咲かない花のはずなのに。芽衣子さんがいた病室も思い出す。あのときの春に、芽衣子さんからきいた。アオ、八十八夜の茶園はね、みどりがやわらかくて銀色にあたりいちめん光ってて美しかった。アオも行ってみたい？　芽衣子さんにぼくはなんてこたえたのか。ぜんぶわすれている。病室のトイレは芽衣子さんがよくつかうアロマオイルの香りがしていてほっとした。病院の廊下で嗅《か》ぐクレゾールのにおいが怖かった。クレゾールで消そうとした病のにおいが怖かったのかもしれなかった。耐性菌注意の警告がいたるところに掲示されていた。病院の行き帰りのタクシーで、明治神宮のそばをとおった。あのあたりだとうぐいすも鳴いていたかもしれなかった。梅、桃、木蓮、桜、花が咲く季節は身体《からだ》がむずがゆくなる。そう言ってこよみが身体をかきむしっていた。かきむしって血が出ていた。それがシーツについた。思い出が洪水のように流れて、Waters of March がきこえる。春の記憶にうぐいすはいない。東京でうぐいすをきいたことはあっただろうか。テレビできいた記憶しかない。うぐいすのすがたをみたこともない。くすんだ羽色のみどりは図鑑でしかしらない。

芽衣子さんが病院にいることをうみさんが知ったのは、入院して一週間たってからだった。芽衣子さんの恋人から電話があった。芽衣子さんが不明熱で入院している、といわれた。会社の人はすでに知っていた。うみさんは、誰よりも遅く知ったことに腹を立てていた。腹でも立てないとかなしくなりそうだからそうしていた。芽衣子さんは恋人にもきてもらいたくないのだと言って、ひとりきりでベッドに横たわっていた。薬の副作用で顔が丸くなるのが嫌だと言いながら美顔ローラーを動かした。芽衣子さんは、病室でも仕事をしていた。近く出版される本の束《つか》見本の白い紙に触れて、原稿をタブレット端末で直していた。指が腫《は》れてペンを握れないから赤入れを音声入力していた。芽衣子さんの枕元には、芽衣子さんがちいさいころにみていた「Darjeeling & Matheran」という写真集があった。編集者が古書店で探してもってきてくれたのだと言った。ちいさいころに鉄道好きの父親の部屋でみた。そのひとはぼくにとって曾祖父《そうそふ》にあたるひとだけれど、芽衣子さんはそのひとがどういうひとだったのかは語らなかった。退院までの数ヶ月、ぼくは週に一度、芽衣子さんの病室を見舞った。芽衣子さんは身体のあちこちが腫れていたのに、辛《つら》い、痛い、と声をあげたりしなかった。ガンジス川に入っても下痢ひとつしなかったという彼女が、病に苦しんでいた。指や足先が腫れあがって、食がほそくなった。

芽衣子さんの退院がきまったころになって、ぼくにとって祖父にあたるという、いまだに籍を抜いていない夫が、ライチやパッションフルーツといった果物の詰め合わせとパジャマをもってやってきた。

芽衣子さん、心配したよ。ちょっと太った？　元気そうだね、よかった

顔まわりの肉が薬の副作用であることを祖父は知らなかった。芽衣子さんは何も言わなかった。わざわざありがとう、と言って、ベッドをさらに起こした。アオ、ひさしぶり。祖父がぼくを抱きしめる。サングラスをニットにひっかけている男が祖父だという認識をもてずにいた。祖父は、フリルのついたフランス製のネグリジェの包み

をあけながらみせた。どう、着心地良いと思うよ。芽衣子さんがあきれたように笑う。

パパ、私がフリルやリボンが苦手なの知らないの？

えーそうだったっけ？　まあ、着てよ、と祖父が病室の枕元に置く。病人は前開きじゃないものは着られないのだと芽衣子さんは言った。祖父が芽衣子さんのもとをたずねるときは決まって金の工面だった。免疫過剰の病気だと言ったはずなのに、免疫力をつけたら治るなどと言って、キノコの粉末を置いて帰った。芽衣子さんがそのパジャマを着ることはなかった。それでも病室のちいさなひきだしに退院時まで入っていた。

祖父とは、数えるほどしか会っていない。最後に会ったのは、鮨屋《すしや》だった。カウンターに並んで四人で食べていた。客もまばらだった。かしきりみたいだね、と言いながら祖父は機嫌良く刺身をつまんでいた。そろそろ鱧《はも》がでてくるかな。もう少しですね。かわいい孫と鮨なんて幸せだなあと言って祖父がビールを飲む。

ねえ、うみちゃん、そろそろ彼氏つくったら？　シングルマザーっていまは逆にもてるらしいよ。パパが誰か紹介しよっか？

祖父はへらへら笑いながら握りを口に運ぶ。ねえ、パパ、私アミとは離婚してないよ。ずっとこのままでいいと思ってる。やだなうみちゃん怒らないでよ、美人で若くて、だんなに逃げられてもったいないなって思っただけだよ、まだ大丈夫だしさ。パパ、いい加減にしてよ、この話

ぼくの顔はママに似てきれいだと祖父はかならず言った。そう言った後で、まあ、血のつながりなんてたいしたことないけどね、と祖父はとってつけたようにつけくわえる。

こよみちゃん何年生になったの？　中一になりました。へえ、おめでとう！　じゃあ今度お祝い贈らなきゃね。ありがとうございます。こよみは、たまご、まぐろ、いか、たこ、いくら、話したくないからか、笑顔のまま、握りをくちに詰め込んだ。さよりおいしいです！　いいねー、さより。あなごもおいしいです。じゃあもう一貫。あなごとってもおいしいです！　うには？　うにもおいしいです！　かんぴょうもお

いしいです！　あなごもう一貫頼んだよ。おいしいです！　みんなおいしい！　茶碗《ちゃわん》蒸《む》しは熱いうちに食べて。祖父がそういう。ここの茶碗蒸しはおいしいよね。おいしいです！　アオは進級祝いになにがほしい？　とろとたくわんの巻物をたべたあと、こよみが顔をふかくさげたかと思うとしずかに吐いた。祖父が席を急いで立って、汚ないことするな、としかりつける。パパ、静かにして。すみません、おしぼりをいただけますか。うみさんがこよみの背中をゆっくりさする。こよみはくちを一文字に結んでいた。ごめんね、苦しかったね、ママが気づけばよかったね。ママは、未消化の酢飯や茶碗蒸し、いかにたこ、胃液でべとべとになった吐瀉物《としゃぶつ》を素手で片付けてゆく。こよみは給仕の女性に謝りながら、お手洗いに行く。うみさんもいっしょについてゆき、ていねいにこよみの顔やワンピースの汚れをぬぐった。その昼食以来、もう祖父には会っていない。芽衣子さんは厄介なものと付き合うのは病気だけでじゅうぶんだからと言って、退院後に、パジャマを送った男と離婚をした。だからいまは祖父でもない。

初子さんが皿洗いをしている。蛇口から溢《あふ》れる水が光る。春だね、と初子さんが言う。春だね。春ですね。初子さんから廊下や台所のそばにある猫用のトイレの砂のとりかえかたも教えてもらう。砂ではなくて木製チップが入っていた。おがくずのようにかたまったところを手袋でつかんでビニール袋にいれる。においがまったくしない。ほんとうは猫の糞尿《ふんにょう》はたえがたくくさいものだと初子さんが言う。春ですね。家中あちこちにある猫トイレの砂をとりかえながら三月の水をくちずさむ。

なんだか年々桜がはやく散るね。ソメイヨシノってみんないっせいに咲くから不気味でしょ。散ってせいせいする。芽衣子さんは病室からみえる葉桜をみていた。十一年前の春だった。リハビリを終えてベッドに横たわっている芽衣子さんに、ねえママとうみさんが呼びかけた。

退院したら、こよみとアオと四人でいっしょに暮らさない？　代官山の家はママ一人じゃひろいでしょ。ママは居間にベッドをおいておけば階段ものぼらなくていいし。わたしたちが居たほうが便利だと思って。こよみも中学にあがることだしそろそろふたりにひとつずつ部屋をつくってあげようと思って。引っ越しを考えていたところなんだけど、どう？

うみさんが芽衣子さんのことをママと面と向かって呼ぶのをはじめて聞いた気がした。うみさんの口調はぎこちなかった。芽衣子さんは、娘の提案には応《こた》えない。そうね、そういうのがふつうかもしれないけど。うみ、今度重曹買ってきて。マグカップにすぐに茶渋がつくのがいやだと言って除菌ティッシュでカップの縁をぬぐっていた。

ママね、新しいマンション買うから

芽衣子さんは退院前に、湾岸地区に建つ高齢者向けのケア付きマンションに引っ越しをすると決めた。1LDKのマンションだった。マンションには、入居者限定のレストランがふたつ入っていて、朝から晩まで食事をオーダーすることができた。温水プールもあって、カラオケもついていた。カラオケはどうでもいいけどとしゃれてた。芽衣子さんが笑いながら引き出しから資料をみせる。美容院もみたけどわりと芽衣子さん、ふつうのマンションより廊下が広く、あらゆる場所に手すりがついているほかは高級マンションといった体だった。

高熱だして桜をみてたときは、私、もう死んじゃってるんじゃないかと思ったけど、

腫れた指みたら、なんだまだ生きてたってちょっと残念に思っちゃった

子供は産んだ方がいい、って言ったのは、いざっていうときに自分の面倒をみてくれるひとがほしいからじゃなかったの？

うみさんのことばに、芽衣子さんは苦笑いする。

全然。面倒をみてもらうのは恋人《ボーイフレンド》がいい

うみだって、家に帰って私と仕事の話したくないでしょう。身体が動かないと余計仕事がしたくなると思うから、いっしょにいないほうが、私たちはいいと思う。こういうときのために稼いだんだから、最後まで好きにさせて

私、子供にお金は残さない予定だから。こよみとアオはいくらでもあずかってあげるけど。芽衣子さんが笑って、うみさんも残念と小さく笑って、その話は終わった。

芽衣子さんが退院をしたのは梅雨が明けたころだった。病院の玄関先で、ひまわりの

花束をもったひとたちが芽衣子さんをむかえた。病を得てかえって元気になりました、と芽衣子さんが言った。

いかにも夏が来たという入道雲が峰のように空にそびえていた。病院を出てタクシーに乗っていたのに、外苑前でお茶がしたいと芽衣子さんが言い出して、こんなの羽織ったら熱中症で具合が悪くなりそうだといいながら、紫外線を避けるよう医師に言われたとおりにUV防止加工された濃紺のカーディガンを着てテラス席に座る。こよみもいっしょになって手指に日焼け止めを塗った。

こよみ、代官山のおうちはどう?

すごくいいかんじ、こよの部屋をみて。壁を自分で塗ったの

芽衣子さんとこよみはいつも仲がいい。芽衣子さんが家を出たかわりに、ぼくたちが代官山の家に越した。

芽衣子さんが越したマンションは東品川の臨海地区にあった。一階に内科と循環器科対応の医院が入っていて、週に二度医師の回診がある。二十四時間非常時を知らせ

るボタンがついていて緊急時はすみやかに病院へと搬送してくれるらしかった。こういうのは余力のあるうちから入っておくほうがいいと、芽衣子さんは外出許可の下りた日に五分内覧しただけで、すぐ入居を決めた。

八月の初めに、芽衣子さんは新しいマンションでハウスウォーミングパーティをひらいた。離婚と退院祝いも兼ねてるから、明るい色の服を着て来て、と芽衣子さんが言った。広い1LDKに人が何人も出入りしていた。生前葬みたい、と芽衣子さんが言った。芽衣子さんの歴代の恋人たちが立ち話をしてケータリングをつまんでいて、みなそれぞれが芽衣子さんのために花を贈っていたから室内は花で埋もれていた。花瓶がおいつかないから浴槽が花瓶になって、ユーカリの香りがただよっていた。

施設かと思ったらすてきなマンションじゃない！　安心したわ

芽衣子さんの古い友人の夕さんが入ってくる。天井も高くてわりといいわね。社員、仕事関係の知り合いのほかに、女友達というもののいない芽衣子さんにとって友人といえる同性は夕さんくらいだった。たいして仲が良くないからこそ続いた関係だった。

うわつらの友人もここまできたら上等だと芽衣子さんは言った。夕さんは、かつて映画の吹き替えをしていたからか、いつも時代がかった口調の女性語で話した。ツシマと呼ばれた付き人の女性が胡蝶蘭《こちょうらん》を抱えて入ってくる。ツシマは初めて会ったときから老婆《ろうば》然としていたけれどいつまでもそのすがたが変わらないから、月日が経つにつれてむしろツシマの方が若くみえるようになっていった。夕さんは女優をしていたらしいが、ぼくもこよみも、彼女が女性用のカツラのＣＭにでているということだけしか知らなかった。

人類はシーラカンスの寿命をこえたんだから、芽衣子さん、まだまだ私たち死ねないわよ

人類はついにシーラカンスの寿命をこえて、百二十歳まで生きる時代になった。そう夕さんは言った。夕さんの方がいくつか芽衣子さんより年上だった。持病だった不整脈を治すためにアブレーション治療をしてカテーテルをいれたばかりだった。芽衣子さんは人工関節を膝《ひざ》にいれて、わたしは心臓にカテーテルを通して、芽衣子さんのむかしの恋人は角膜移植をしていた。わたしたちの身体はだんだんサイボーグになっ

てゆく。あんまりこの世に居座ってても悪いかしら。夕さんはシャンパンで酔いが回っているのか大声で話していた。

芽衣子さんはマンションのなかにある温水プールによく浸かった。膝に入れた人工関節の具合が悪いと言いながら温水プールをゆっくりすすんでゆく。そうだった、芽衣子さんも背泳ぎが得意だった。うみさんがなつかしそうに言いながら、水に浸かる。こよみもぼくも温水プールに入っていた。こよみのまえで、ぼくは逆立ちをして泳いだ。水深六百メートルの海底でシーラカンスは捕食する。そのまねをしていたら水が鼻にまわっておぼれた。アオには深すぎるプールだからと四肢に浮き袋をつけさせられた。はずそうとするたびうみさんにしかられた。芽衣子さんのマンションに行った日は髪がカルキのにおいになった。シャンプーをしてもなかなかとれなかった。夕方になるとレインボーブリッジの明かりがいくつもともってみえた。ぼくたちは泳ぐのにあきてプールサイドにいた。プールサイドにいると入居しているひとたちに、かわいいわねえと話しかけられる。こよみはイヤホンを耳にして音楽を聴きながら眠ったふりをしていた。

シーラカンスの寿命は百年ていどだと推定されている。シーラカンスは古生代のデボン紀に出現した。多様な魚形動物がデボン紀に出現しては絶滅していったのにシーラカンスだけはずっと変わらず生きつづけている。魚の年齢は鱗《うろこ》でわかる。シーラカンスは鱗が変化しない。年月の衰えをほとんどみせずに百年と生きる。四億年前からかたちの変わらない海の生きもの。ギリシャ語で空っぽの脊柱《シーラカンス》を意味する名をつけられているように背骨がない。ホース状の管が頭から尾鰭《おひれ》までつながって油のような体液で満たされている。

アオはものしりだね。うみさんが言う。

ママはうみなのに魚のことまったくしらないね

ぼくがそう言うと、うみさんは、ママはこよみとアオとクラゲが大好きだよといってぼくの頭を撫でた。

アオ、ママにいっぱい教えてね

体温より幾度か低い三一度のぬるい水のなかで芽衣子さんは四肢をのばす。ゆっくり背泳ぎをしてゆく。うみさんかと思うと芽衣子さんと間違える。ふたりのフォームは似ていた。芽衣子さんがうみさんに泳ぎ方を教えたのかもしれなかった。オワンクラゲ、ミズクラゲ、アマクサクラゲ。クラゲも六億年前から形態もかわらずただひたすら世代交代をくりかえして生きている。そううみさんは言っていた。化石から測定できる古水温は、生物のほとんどが暑すぎて死滅することになった前期三畳紀だと、海面が四〇度の湯にまで上昇していたと書かれてあった。カブトガニ、シーラカンス、オウムガイ、泳いだり歩いたりしている高齢の男女がみなそうした古い海の生きものにみえる。さかさまの進化をしてクラゲのような多細胞生物になってゆきそうだった。芽衣子さんは免疫過剰の病気になったからそれを抑える注射を週に一度打っていた。免疫をおさえこんだらもうガンジス川に浸かれない、と芽衣子さんがごねる。これからは水質管理された場所で泳いでください。そう恋人がかえす。芽衣子さんの恋人は、大学教授に戻っていた。芽衣子さんのマンションにはいつも緑が置いてあった。観葉植物のなかでもひときわ大きい極楽鳥花が植えられていた。それが空調によっていつもわずかに揺れていた。

アオさん

そう呼びかけるのが、芽衣子さんなのかうみさんなのかわからない。

アオさん、桜みてた?

え

初子さんに話しかけられていることに気づいているのに、まだ芽衣子さんのマンションにいる気がしていた。こよみがあのときイヤホンで聴いていたのは、芽衣子さんになんでこんな古い歌謡曲知ってるの? といわれた、ヒデとロザンナが歌った「白い波」を Astrud Gilberto が日本語でカバーしている曲だった。ちがう、ヒデがロザンナと組むまえに一九六〇年代にヒデは「ユキとヒデ」というデュオをやっていてそのときに出した曲だった。どちらのことも芽衣子さんはしらなかった。ああ、グループ名はなんとなく知ってるけど。古い曲ね。Astrud Gilberto はほとんど湯気のむこうからきこえるようなあさっての声で響いていた。原曲もいいんだけどね。こよみのその声が蒸発する。極楽鳥花が消えて、東京湾が干上がって、目の前が山桜とシャガになって、しろとみどりのなかにいた。奈良の古びた一軒家にいて、髪からカルキのにおいもユーカリのにおいもしない。クラゲなんていない。シーラカンスにもなっていない。

お十時にしようかと思って

初子さんが、熱湯緑茶とうすべにいろの羊羹《ようかん》をだしてくる。これ、なんですか。知らない？　名古屋の銘菓、初かつを。いただきもの。名古屋においしいものはないけれどこれはおいしい。ほのかに甘いももいろの羊羹に刻まれた縞《しま》模様はたしかにさしみの厚切りのようにもみえる。葛《くず》が柔らかいのに弾力があってくちびるにくっつく。桜の時期に初かつを。どんどん季節がはやまわしになる。いまは青森で茶葉がとれるから、むかしはいっても新潟県までだったのにね

上の部屋、掃除がまだだけどつかってね。このまま居間にいると、アオさん、桜に命吸われそうだから

初子さんに案内されたのは、二階の角にある、四畳半だった。北向きの窓がひとつだけついていた。仏壇と、アイロン台、ダンボールが二、三箱置かれてあった。だれの仏壇かはきかなかった。日がささないからか畳は青いままだった。窓をあけて、荷物を階下におろしたら、初子さんが茶殻をまきはじめる。茶殻が湿っていると周りの土やほこりを吸着してくれるから便利だと初子さんが言う。お茶の家っぽいでしょう、と嬉《うれ》しそうに言う。いいにおい。茶殻をまいて、ちりとりとちいさなほうきで埃《ほこり》を集める。掃除機だと茶殻がべちょべちょになって異臭がするから原始的なやりかたのほうがいい。初子さんと掃き掃除をして、廊下のぞうきんがけもする。ついでだから階段も拭《ふ》いておきます、と言って、ぼくは暗い階段を上から順に、濡《ぬ》れたぞうきんで板をこする。急勾配《こうばい》の階段だった。一段ずつ足を下ろしながら拭く。よくよく手入れされているのかぞうきんがちっとも黒くならない。階段に光がさしこまないから、足をそっとおろさないと踏み違えそうになる。さっきまで明るかったのに電気をつけておけばよかったと思う。電気をつけに戻ろうと思うのに、何段も拭いていたせいか、腕が痛くなっている。後数段で終わるだろうと思うのに、拭いても拭いても階段がおわらない。せいぜい二十段くらいのはずなのに、いっこうに一階にたどりつかない。アオさん？　アオさん？　初子さんの声がきこえる。きこえるけれど小さい声でよくわからない。きこえます。きこえまーす。初子さん？　そうして振り返って階段の下をみようとするけれど、初子さんが制する。アオさん？　アオさん、振り返らないで。え？　振り返らないで。振り返らないでと言われたからには振り返らないといけないような気がした。初子さん？　神話ではみんな振り返る。そうしてひとは塩の柱になる。初子さんがサメや蛇になっているかもしれない。神話では振り返らないといけないけれど、ぼくたちは神話のひとじゃないから振り返らない。振り返るかわりに、ぼくは階段を踏み外していた。踏み外したと思うと階段の下に立っているだけだった。初子さんが後ろにいた。

よかった

この階段、いったい何段あるんですか？

ぞうきんがけ、時間かかった？

めちゃくちゃかかった気がします

アオさん、へんだなって思う？

思ってますよ

アオさんちょっといっしょにきてね。いま降りてきた階段をのぼることにためらっていると、初子さんが、大丈夫だから、とぼくの手を握ってくる。こわくはないから。千枚通しなんてものを握っている初子さんもこわかった。片手で千枚通しを持って、片手でぼくの手を握ってふたたび階段をあがる。階段には光がさしていてすぐ二階にあがれた。ただの傾斜のきつい階段だった。階段の数は十数段しかない。あれ、おかしい、と思うと、初子さんは、四畳半の部屋に入って、千枚通しをさして畳をあげた。畳ってこうやってあげるんですね。感心していると畳の下が黒かった。黒いですね。黒くみえるね。さっきの階段もこうじゃなかった？　黒いというか、畳の下にはなにもなかった。畳の下になにもないということは家屋の構造上ありえないのに、黒いようにみえるだけで、床の下がなかった。畳の下に手をあてると、風が通っている。それでも一階がみえるわけでもなかった。

アオさん、この家は、どうしてなのかわからないけれど、ときどき底がぬけます

いまは畳の底がぬけていて、さっきは階段の底がぬけていた。湯飲みの底がぬける

こともある。そうするとお茶をそそいでもそそいでも湯飲みにたまらない。

それがタイムスリップ付きっていうことですか？　お父さんがそういったの？　はい。タイムスリップっていうとそれっぽいけど、底ぬけなの、単に。住んでいたら、きょうはここがあやしいとか、わかるようになるから、この家、私たちが住んだときからずっとこういうあんばいみたいだから。安全じゃないけど安心してください

なにひとつ安心しようのないことばだった。それなのに初子さんはどこか嬉しそうに言っている。

Seventy-one years ago, on a bright cloudless morning, death fell from the sky and the world was changed.

そろそろ店番にいかなきゃ。この家の底知れなさを話していたのに、なにもあきらかにならないまま、初子さんは洗面所に行ってしまった。

アオさんに今日してほしいことはおしまい。薄化粧をすませた初子さんが玄関先でトレンチコートを羽織る。見送りながらも、床底がぬけないか、足の指を動かして、ついさぐってしまう。初子さんが、気にするとますます底がぬけちゃうよ、と冗談めかして言う。

置いてけぼり、みたいな顔しないで
してません
怖くなっちゃったかな

うふふ、と古典的な笑い方で、子供をなだめるように初子さんが肩を軽くたたいた。

怖いは怖い。それよりも、底ぬけがどこに繋《つな》がっているのかが気になっていた。

初子さんは、コートのボタンをとめてゆきながら、底がぬけているといいこともあるから、と言った。

空からなくしたボタンが落ちてきたりね

初子さんは眉毛《まゆげ》も白いから、生えていないようにもみえる。眉毛がないから表情がつかみにくい。トレンチコートのボタンがとれちゃったけど、三日後に空から落ちてきた。空の底がぬけて、ボタンが戻ってきた。すごく気に入っているコートだったからよかった。袖口《そでぐち》のところの黒いボタンだったと初子さんが袖をみせる。そこだけオレンジ色の刺繍《ししゅう》糸でボタンが縫い付けられてある。

空からお父さんが降ってきたこともあった

え？　桃さんが？

ききかえそうとする前に、桜に虫除《よ》けの木酢《もくさく》液をかけていて、脚立から足を踏み外しただけだけどね、と初子さんが言い直す。猫が降ってきたこともある。発情期のときに屋根から転げ落ちてきた。それは空から降ってきたとはいわない。

初子さんと話していると、さっきの時間がなかったことのように思える。それでもぞうきんをかけつづけていた二の腕の疲労感はたしかにあって、濡れぞうきんをずっと握っていたから指のはらもすこしふやけていた。あのままぞうきんをかけつづけていたら。そう思うと怖くなる。かけつづけていることにも気づかないかもしれない。気づかないまま、永遠、えんえんと、シジフォスが重い石を山の頂まで行ったり来たり運びつづけるようなことにじぶんもなっていたのかもしれなかった。

初子さんは、大丈夫、と言った。大丈夫。何が大丈夫なのかわからない。全然大丈夫じゃないと思いながら、初子さんが差し出す玄関の鍵《かぎ》を受け取った。

鍵は渡しておくけれど、かけなくていいから。何もとるものないし。今日は観光でもしてきたら?

法隆寺も、長谷寺も、當麻《たいま》寺も、すてきなお寺はたくさんある。初子さんが、車が運転できたら浄瑠璃《じょうるり》寺にでかけてもいいし、と寺院の名をあげていると、三毛猫のタケシが玄関先まででてきて鳴いた。

あ、タケシも食べたかったかな

初子さんに、タケシにもさっきの初かつをを出すよう言われる。タケシの好物だから。猫は魚が好きだもんな。そう思ってから、あれは菓子だと思う。初かつをなんて、はるか昔に食べた菓子のような気がしていた。

初かつをはね、時間が経《た》って水分がぬけちゃったら、あぶってもおいしいから。トースターで焦《こ》げ目をすこしだけつけて。そうすると、カリッとして、なかは葛のもっちりとしたくちあたりが残っていてまたおいしいよ

初かつをの話をし終えると初子さんがでてゆく。あとで一降りあるかも。空をみるのではなく天気予報をみながら初子さんが言った。夕飯の支度をしに、あとでお父さんが戻るから。いってきます

それを見送ると、タケシが、ぼくを一瞥《いちべつ》して台所にむかおうとする。獣毛がやわらかそうで、背中を撫《な》でようとすると逃げる。戸棚の箱の包みをあけると赤身のさくのようにごろりと羊羹が入っていた。魚のにおいがしないことのほうが不思議だった。棹《さお》菓子を包丁でゆっくり切ってゆく。タケシがしっぽでふくらはぎのあたりをたたいて催促してくる。切り身をやると、ぺろぺろ舐《な》めてちいさく噛《か》みちぎって食べていた。初子さんが言うように、ぼくも、薄く切り身をひときれ、トースターにいれて炙《あぶ》って食べた。つい小一時間前にも食べたばかりだった。丸椅子《まるいす》に腰かけるのもさきに手で椅子を押してから座った。まだ正午にもなっていない。

タケシが食べきった皿を片付けて、台所のシンクを磨く。することがないけれど、

畳に寝そべってくつろぐという気にもなれない。かといっておばけ屋敷だと逃げ出して東京に戻りたい気もおきない。そもそもお化けにはまだあっていない。底がぬけただけだった。家の中でも見回ってみようと階段を降りる。こわごわ降りたけれどなにも起きない。書斎に入って唐津焼の本をみていたけれど、中庭の桜にまた目をむけてしまう。

この家の空からボタンが落ちる。落ちたものがなくしたはずのボタンだったら、しあわせなことだ。桜がしずかに散っている。桜といっしょに桃さんがまた落ちてくるかもしれない。

ねえ、アオちゃん、イギリスはトマトや石炭が雨のかわりに降ってくるんだって。ロンドンに行ったばかりのころ、こよみが言っていた。

ほほかはひはふってほない

二〇二六年六月、こよみが親知らずを抜いたばかりのぱんぱんに腫《は》れた頰を保冷剤でおさえながら言っていたことをいっしょに思い出す。中学三年生だったこよみが英語の課題をやっていた。朝から雨が降り続いていて、じめじめした日だから余計に抜いた部分が痛いと言う。こよみは頰がぱんぱんに腫れていたから、滑舌が悪かった。

それをおもしろがっているふしもあった。へんほう。戦争。へんほうへきにん。戦争責任。マンションのなかにある温水プールから戻ってきた芽衣子さんがソファにもたれていた。四百メートルも泳いじゃった。腫れているのが気になるのか、こよみは机の上に鏡をおいて、三秒に一回はみている。腕利《き》きの歯科医がいるときいてわざわざ国分寺まででかけたのに腫れた、とこよみが言う。いつ抜いたの。きのう。ああ、明日はもっと腫れるかもね。芽衣子さんが悪気なく言う。くちがひらかないからおなかがすいてもなにも食べられない。ひやしかためたコンソメスープをティースプーンですくって、こよみはひとくちずつ食べる。痛い。おかゆは熱すぎて無理。さめるとまずすぎていらない。でもおなかすいた。こよみは三秒に一回鏡をみては痛いと言ってごねた。芽衣子さんも、私も痛い、と薬でおさえてもなお痛む指先の腫れをみながら言った。

こよみの課題和訳は、歴史的なスピーチのひとつとしてあげられた、米国大統領が広島訪問をしたときのスピーチだった。

いまから十年前、二〇一六年に原爆投下後はじめて当時のアメリカの大統領であるオバマ大統領が被爆地の広島をおとずれました。「核兵器のない世界」を訴えたスピーチを訳して、感想を提出しましょう。こよみの担任教師でもある、英米文学を大学院で学んだという柔和な顔の女の教師が言った。

こよみは、担任教師から煙たがられていた。FKA twigs に憧《あこが》れて、鼻のあいだの軟骨にピアスをあけたばっかりだったこよみは、担任によびだされた。セプタムっていうんです、これ。先生、FKA twigs 知ってますか？ 先生が高校生くらいに流行《はや》ったアーティストです。教員室に呼び出されても、こよみは、FKA twigs を知らないという教師にむかってあきれたように言った。

英語が得意だったから大意だけつかんで、細かく訳すのを面倒がって、教師との折り合いはいっそう悪くなった。芽衣子さんが、ひとごとのように、こよみは高校からインターに通ったほうがいいかもね、いまからでも間にあわないの？ と言いながら、視線を本に落としたまま、こよみの話に耳をかたむけていた。こよみ、何訳すの。芽衣子さんが関心なさそうにきく。広島のスピーチ、というのもこよみの滑舌が悪くてききとれない。前、アオとママと広島に行ったときに記録映像でみたよね。ぼくは、うん、と頷《うなず》いたまま、ビネガー味のポテトチップスを食べて、チェスのゲームをしていた。Seventy-one years ago, on a bright cloudless morning, death fell from the sky and the world was changed.

芽衣子さんは、ああ、そういうこともあったね。結局、あのときより核はふえたけど。芽衣子さんが指をおさえながら言った。

ほはかはひはふてほない

え？　なに？

芽衣子さんが聞き返す。

ほはからはひはふってほない

空から、死は、降ってこない。こよみのかわりにぼくがこたえた。芽衣子さんのマンションからはレインボーブリッジがよくみえていた。ぼくはビネガー味のしょっぱくて酸《す》っぱくてかたいポテトチップスでくちのなかを切ってもなお食べ続けていた。あのとき食べたお好み焼きおいしかったね。おいしかった！　チーズがとろとろで、やきそばが入ってて。こよみは熱がつたわっていたへらをもってやけどをして、氷の入ったコップに指をつっこんでいた。湯気がきりなく鉄板からあがっていて、うみさんのサングラスが曇っていた。

日没とともにレインボーブリッジに明かりが点《とも》る。雨ですぐにけぶってゆく。うみさんの仕事が遅い日は、ぼくたちはしばしば芽衣子さんのマンションにいた。

芽衣子さんは、漢方薬を煮出した液体を、デンマークで買ってきたというPALSHUSという古いカップにそそいでのんでいた。水色にも灰色にもみえるカップで、釉薬《うわぐすり》が金色にも光っていた。Hare's Fur Glaze, 兎毫盞《とごうさん》というと言っていた。


こよみは下あごの親知らずを二本とも一気に抜いた。おさななじみの英子といっしょに、同じ日に、仲良く抜歯した。こよみは、英子も腫れてるって、と言いながら、連絡をとりあう。英子は、うがいのしすぎでかえって抜歯したところが化膿《かのう》してしまった。抗生物質をのんでいたけれど、それが効かなくて入院した。集中治療室にまで入って、都合三週間入院することになるけれど、まだそのことを、英子でさえ知らない。細菌の繁殖はすごい数になる。たった一つだった細菌が二十四時間後には10の8乗までふえる。数の増殖の規模が違うから、耐性菌はかんたんにふえる。もうずっと前から言われてきたことだった。抗生物質の耐性菌がふえている。ふえている、ときいていても、まさか英子が抜歯でそれにかかるとは思わなかった。

こよみは、十分に一度、手持ちの鏡をたてながら、頬を触っていた。芽衣子さんが、鼻ピアスして頬が腫れてると赤べこみたいね、と言った。赤べこってなに。牛よ牛。

ぼくが笑っていると、こよみが手ではたく。アオちゃんだっていまに抜くんだよ。我慢したらさらに顔が小さくなるからいいじゃない。痛すぎる。はやくおわらそう。こよみはそう言ってまた和訳をつづけていた。

death fell from the sky.

空から降ってくるもの。天降異物。雨、隕石《いんせき》、雹《ひょう》、雪。かえる、なまず、馬の毛、絹糸、猫。うみさんはむかし糸のような雨が降ってきたことがあったと言ったっけ。そう、空からはいろいろなものが落ちてくる。一九九六年、タスマニアでは、地面を覆《おお》い尽くすほどのクラゲが町に降った。おたまじゃくしの雨が降った。猫が降ってきた。桜が降り落ち、ボタンが落ちたりもする。りんごも落ちる。それは自然の摂理だ。でも、死は、自然と落ちてこない。死神は落ちてこない。言問橋《こととい》が死体の山になった日に降った焼夷弾《しょういだん》の雨。一九四五年八月六日、投下目標地点の相生橋《あいおい》から三百メートル離れた島病院上空で爆発した原子爆弾リトルボーイ。死が落ちてくる。そういうものが落ちるとしたら、それは人間が落としている。

芽衣子さんて、戦争のときどうしてたの

水木しげるの「総員玉砕せよ！」を読んでいたときに、ぼくが芽衣子さんになんのきなしにたずねた。私はね、戦後生まれ。まあ、アオからしたらだいたいおばあちゃんよね。芽衣子さんはそう言って、会社で働いているいちばん若い社員の名前をあげて、彼もアオからしたらおじいちゃんでしょと、ぼくの頬を軽くつねった。そのひとのことはべつにおじいちゃんだとは思っていない。

ぼくの祖母は戦後生まれ。そうだった。そうだったと思っても、すぐに忘れる。祖父祖母と呼ばれるひとたちは、みな戦前生まれだったんじゃないかと思ったりする。そう言ったら、こよみも、わかる、と言った。私はね、一九六五年生まれだから。全然戦争知らないから、と芽衣子さんは言った。

こよみは、二〇一一年にうまれた。ぼくは二〇一七年にうまれた。うみさんは、一九八六年。芽衣子さんは一九六五年。ぼくからしたら芽衣子さんはほとんど戦前だった。じゃあ、芽衣子さんのお父さんは戦争のときどうしてたの？　芽衣子さんは、うーん……と言って、パパは子供だったから戦争には行ってなくて。大磯に疎開《そかい》してたってきいたけれどね。よく知らない

オバマ大統領が広島でおこなったスピーチは、インターネットをみれば、いくらでも和訳が載っている。クラスメイトの多くは、それをわざとたどたどしく和訳し直して、提出した。教師もそれがわかったうえで、感想文の提出を重視すると言っていた。感想は英文で書くように求められていた。難しい場合は、日本語でもいいって。どういうことそれ。こよみが言った。

アポロ11号の月面着陸。ノース・アメリカン社とグラマン社が開発した宇宙船で月面着陸を成功させたときも「人類にとって偉大な飛躍」だと言っていた。原子爆弾を落としたのも、人類初。人類初がアメリカは好きだね

こよみと芽衣子さんの話をききながら、ぼくはアポロ11号の名前から、ワシントン

でみた国立航空宇宙博物館の月着陸船イーグルを思い出していた。それは月面に降りたものと同じ実験機で、折り紙の金色みたいなのが機体にまかれていた。プラネタリウムにも行った。スミソニアンはすごいなあ、とうみさんが感激していた。いっしょにきてくれてありがとうとぼくとこよみに言った。あのころ、ぼくたちは、毎年、家族三人で旅行をした。そのときしかうみさんとゆっくりいっしょにいられないから、ぼくたちにとっては旅行先よりも、うみさんといっしょにいられることが幸せだった。うみさんの仕事にあわせて海外に行くことも多かった。ワシントン、ロンドン、パリ、いろいろ行った。ワシントンの街並みはほとんどおぼえていないけれど、国立航空宇宙博物館はおぼえている。あのとき、月の石にも触った。摩耗しすぎていて表面がつるつるだった。何を触ったかよくわからないまま、列に並んで触れたっけ。列と言っても、ヒスパニック系の女の子が六人くらい並んでいるだけだった。触ったあとに、ママが、月の石に三人で触ったね、と言った。黒いつるつるした面に触れるばかりでは月にあったという実感がとぼしかった。館内は広大だった。宇宙船も戦闘機も旅客機もあって、フードコートまで広かった。ピザばっかり。そうこよみが言った。そのときなにを食べたのかおぼえていない。たぶんピザだった。帰るころは、足がぱんぱんに張っていた。リンドバーグの飛行機や復元された零戦《ゼロ》をみた。これが大西洋を横断したスピリット・オブ・セントルイス号か。ぼくもこよみもすごい興奮していたけれど、館内が広すぎてすぐに疲れた。航空特攻兵器桜花もあった。うみさんが、英語の解説をみて、かんたんに訳する。こよみはわかる構文だけ読んでいた。原爆の被害についてどう展示をするかで議論がなされたB-29エノラ・ゲイをみた。B-29が吊《つ》るされるように中空に展示された下に、日本の戦闘機がいくつか並んでいた。大きいね。大きい。ぼくはなにをみても大きいしかいえなくなっていた。エノラ・ゲイをながめながら、ぼくはフードコートで買った炭酸飲料水をのんだ。アメリカの人、日本の人、韓国の人、フランス語を話していた旅行客グループ、みんなで、ボランティアが話すエノラ・ゲイの館内説明をきいていた。うみさんは、聞き終えたあとも、しばらくエノラ・ゲイをみていた。これが広島に原爆を投下した爆撃機だと言った。そうなのかと言ってながめていた。こよみもそのことをおぼえている。お姉ちゃん、ぼくたちエノラ・ゲイみたね。銀色の爆撃機だったよね、とこよみが言った。

　感想文が終わらない。こよみは鏡をみていた。夕食どうしようか。芽衣子さんは、マンションに併設されたレストランから出前をとると言った。アオはオムライスね。こよちゃんどうしようか。なにもいらない。そう。芽衣子さんは、グリーンサラダとポタージュとカツレツとビーフシチュー。薬の副作用でおなかが減るのだと、芽衣子さんは、誰も何も言っていないのに、弁明した。こよみは、芽衣子さんのポタージュを結局わけてもらっていた。

こよみが課題をすべて終えたのは、夜になってからだった。

あー、もう疲れた。疲れた。右手が痛い。ふだんほとんど万年筆を使わないから、清書に時間がかかっていた。万年筆でレポート出すの？　ずいぶん古風な先生だね、と芽衣子さんが言った。梅雨だから身体《からだ》がしんねりとする。ぼくはおぼえたてのことばをつかいたくてひとりごとを言って、ソファに横たわっていた。ママ遅いね。何年間も待っているような気になって、ぼくは時計をみる。八時を過ぎていた。雨がきりなく窓ガラスにぶつかって垂れ落ち、夜景がゆがんでいた。霖雨蒼生《りんうそうせい》というけれど、部屋の極楽鳥花にはなにも関係しない雨だった。

しばらくして、芽衣子さんにうみさんから連絡が入って、いま会社に戻ってきたという声がきこえた。芽衣子さんのマンションにぼくたちは泊まることになった。それはときどきあることだったから、芽衣子さんの箪笥《たんす》にはぼくたちの着がえが数組ずつしまわれていた。

ママ

こよみがうみさんと話す。ろれつが回っていないけれど話している。オバマ元大統領の演説の課題をやった、と言った。うみさんは画面越しのぱんぱんに腫れたこよみの頬をみて、笑った。こよみは頬が膨らんでもかわいいね。赤べこみたいでしょう、と芽衣子さんが言った。

ぼくはさっきオムライス食べたよ

ママとの会話に加わろうとしてせっついたような声になる。アオ、よかったね。うみさんが手を振って相づちをうっている。

うみさんはじぶんがどんな仕事をしているのかを、毎日ではなかったが、子供にでもわかるように話すことがあった。高校に入って、ぼくが家の仕事を手伝うようになったのも、母から仕事の話を自然に聞いていたからだった。

画面越しのうみさんの顔には隈《くま》ができていた。うみさんは、経営している料理店にだけ置くクラフトジンをつくっていた。それにアミも関わっていることは、当時まったく知らなかった。

今日は、ボタニカルブランデーをつくる蒸留所に行ってきたよ。そこは薬草園だったところで、五〇〇〇坪のお庭に、いっぱい植物が植わってたんだよ

えーっと、今日みたのは、山梔子《くちなし》、烏薬《うやく》、酸棗仁《さんそうにん》、いろいろな薬草木の名前をうみさんが読みあげる。江戸時代にオランダから運ばれて植えられた木もあったよ。生薬の標本もみてきたよ。今度みんなでいこうね

いっしょにいったひとに教えてもらったのか、メモをみながらうみさんは話していた。江戸時代の植物図鑑もみせてもらったけれど、名前が美しかった。お酒の試飲もしてきた。

いちじく、フェイジョア、ジュニパー、はやくふたりが大きくならないかな

いっしょにお酒がのみたい、とうみさんが言った。しゃべりたいことはないけれど

ママの声はきいていたかった。だから、なにか言おうとするけれどうまくいえない。オムライスにマッシュルームはいってた。チェスゲームで三連勝した。いま雨降ってる。うみさんも、うん、蒸留所も途中で大雨になった、と言った。長靴じゃなかったからズボンが泥だらけだよ、と言ってみせる。今日の体育は跳び箱だった。何段とんだの？　四段。えらいねえ。ママッ、えっと。あの。話したいことはないけれど、とにかく話が尽きないように話した。

パジャマはぜんぶズボンにいれて寝ようね、アオ

うみさんが言う。わかってる。うん。そろそろお仕事にもどるね。ママがいう。あ、ママッ、えっと、おやすみ。うん、おやすみ。芽衣子さんによろしくね。また明日ね。ママおはふみー。わざと滑舌を悪くしながらおやすみを言って、こよみはシャワーをあびにゆく。

芽衣子さんは、マンションの管理室に電話をかけた。家族が看病のために宿泊することが珍しくないから、マンションには寝具の貸し出しがあった。もしもし、あの、

孫が泊まるので寝具を二組お願いします。すぐに滅菌済みというタグのついた敷き布《ぶ》団《とん》やシーツが届けられる。清潔さがことさら強調されていて、かえって、誰かがかつて使ったのだという気にさせられた。肉付きのいい男性がきて、布団を二組敷いて帰って行った。

お孫さんですか？　似てますね

男性が布団を敷き終えたあと、芽衣子さんに言った。

美形一家なんです

芽衣子さんがおどけて言った。

こよみは、授業参観やホームパーティで、うみさんと並ぶたびに、顔立ちが似ていると言われていた。

こよみのママって美人だよね。こよちゃんて、おばあちゃんもきれい！　いいなー

美人のママで

ことママとは血は繋がっていないんだけどね、とこよみが言う。似ている、と言っていたひとのほとんどがその言葉に黙った。

こよみの顔は、うみさんに似ている。ぼくもそう思う。血縁じゃないけれど似る。そりゃそうだと思う。だって、ふたりは親子だから。飼っている犬猫とのあいだにもおきるように人間が人間に似てくる。それと同じ。それはエピジェネティクスっていうんだっけ

眠る前、こよみは洗面所の鏡の前にいた。災害用に持っておきなさいとうみさんから渡された、軍事用に用いられているアメリカ製のペンライトでくちをあけてみていた。軽量小型なのに威力はすさまじく、肝試しにもっていった子供がお化け役の子にむかってペンライトを光らせて失明させてしまったことがニュースになっていた。パッケージには人間の目にむかって照射しないことと赤字の注意書きがあった。一般的な懐中電灯の九十二倍の光量を持つというペンライトだった。光の強さは四六〇〇ルーメン。ルーメンがどういう単位なのかわからない。こよみもぼくもまぶしすぎて目があけられない。その光をこよみはくちのなかにつっこむ。こよみのくちのなかが発光して頰の血管が赤く透けていた。

みへ、みへ

お姉ちゃんまぶしい。やめてよ

傷ひらいちゃうよ。そう言ってもこよみはくちをあける。こよみはくちのなかにペンライトをつっこんで、鏡で縫った跡をみようとする。

ねえ、みへ、あほ

アオがアホにきこえる。みえるよ。みえる。まぶしすぎてみえないけど。軍事用ライトは実際にアメリカ軍でどう使われるのかはわからない。親知らずの糸をこよみはみている。こよみだってまぶしすぎてみえていない。糸、時間が経つと溶けるんだって。痛い。痛い。横向きにはえてたとか最悪。ろれつが回らないなかこよみが言った。ぼくは縦向き。痛いを三秒に一度連呼する姉にいらだってぼくはわざといった。こよみが、ぼくの尻《しり》を蹴《け》る。痛て。足癖悪いよ、おねーちゃん。こよみはぼくがポテトチップスで口腔《こうくう》を切ったことをたしかめると言って、ペンライトでぼくのくちのなかを照らそうとした。身体をあちこち照らしてくる。やめてよ。お姉ちゃんやめてよ

失明するよ

ばたばたと洗面台で暴れ合っていると芽衣子さんが入ってくる。このマンションには眼科はないから、目に光が刺さってもすぐにはお医者さんこないよ。ふたりともアイスあるけど食べる？　それで喧嘩《けんか》は終わった。ふたりでチョコレートアイスを食べた。ぼくの親知らずは、あれから九年たってもまだ歯肉の下に埋まっている。

芽衣子さんはひとりじゃないと眠れないから、ぼくたちはリビングに布団を二組敷いたところで眠った。こよみは痛み止めがきかないと言って勝手に一錠多めに飲んでいた。英子からの返事が来ない。英子からの無返信を気にかけながらも、こよみには先輩と呼んでいる恋人らしき高校生男子がいたけれど、そのひとからの連絡は何度も無視していた。じんじんする。こよみは布団の上でもまだ鏡をみていた。お姉ちゃん、もう寝ようよ。ぼくは、芽衣子さんの家に置いてあった自分のパジャマに着替えてさきに布団にもぐった。

ねえ、アオ。なに。雨すごいね。ブラインドを閉めるボタンを押すと、部屋も暗く

なった。非常口と書かれた緑色の電灯だけ玄関部分に光りつづける。広島行ったね。うん。アオちゃんおぼえてる？　おぼえてるよ。いつだっけ。ずいぶん昔のことと思ったら、去年だった。こよみもぼくも長い時間が経った気がしていた。長崎も行ったね。お姉ちゃん、坂道で裸足《はだし》になって歩いてた。そうだっけ。そうだよ。こよみは都合の悪いことはすぐに忘れる。

アオのひいおばあちゃんは、広島のひとだった

ぼくの曾祖母《そうそぼ》が被爆したことをいつはじめてきいたのかは忘れてしまった。小さいころから、夏が来るたびに、うみさんが言っていた。ニュースで広島の映像が流れると、こよみもぼくも、そのことをうっすら思い出した。そのつど、会ったことのない曾祖母のことを話したり話さなかったりした。ひいおばあちゃんというひとの写真はみたことがない。タエさんという名前だったということは知っている。ぼくたちの曾祖母。そう思ってから、こよみとはお父さんが違うことを、ふしぎな気持ちで思い返す。

小学生だったぼくが思い返した記憶を思い返している。思い返すことをかさねながら、小学生のぼくにとっては未来の記憶である夜のこともいっしょに思い返す。ぼくが高校生になったとき、うみさんとふたりで夕食を食べていた。夏が近くなっていて、沖縄戦を振り返る特集のドキュメンタリーがテレビから流れていた。沖縄戦を舞台にした演劇の映像も流れていた。うみさんが、アミの祖母が被爆していたことを話してくれたのは、二十四時間営業の中華屋だったと言った。アミが当時付き合っていた彼女のことを話したり、家に住み着いたアオダイショウの話をしていた。ぼく被爆三世なんだけど、とアミは恵比寿の中華料理屋でチンタオビールを飲みながら言っていた。お粥《かゆ》のつけあわせのザーサイを嚙みながら、そうなんだ、ときいた。アミの気持ち、アミの祖母の気持ち。どうやったら被爆した人の気持ちに近づけるのかわからないいま時間がたったとうみさんが言った。赤提灯《ちょうちん》、天井の豆電球が碧《みどり》や赤色に光っていて、二十四時間北京《ペキン》ダックが食べられる中華屋で、その話をきいた。

アオダイショウ、そのころからいたの？　いたの。アオダイショウの抜け殻はぼくが小学六年生のときにみつけた。一七〇センチあった。こよみがキッチン手袋でそれをつかんで、巻き尺ではかった。アオダイショウは家のヌシだから。庭にある蟻《あり》の穴の蟻だって、私たちよりはるかに長くあの家に住んでるしね。うみさんが言った。アオダイショウの抜け殻は標本にした。魔除けにすると言ってこよみがロンドンに持っていった。

広島の原爆で祖母が被爆した。そう話したきり、アミは多くを語らなかった。語らなかったのは、彼もまた語ることばがなかったからかもしれなかった。被爆したときに負った染色体の欠損がじぶんにもかかわっているかもしれないという恐怖感だけがアミに伝えられて、タエさんがどういうひとだったのかは伝わっていなかった。アミのおばあちゃんのことを知りたいと思ったのは、アミがいなくなってからだったとうみさんは言った。アミの祖母は、広島で入市被爆をした。家は全壊していた。黒い雨に打たれて、紫色の斑点《はんてん》が身体に出たけれど、そのときは死ななかった。一九四五年当時、二十歳だった。黒髪が濡《ぬ》れたようにきれいだったというタエさん。でも、当時の写真は、原爆の熱線で燃えきった。戦後に撮った写真の何枚かは、アミのお母さんが持っていたはずだけれど、彼女も死んでしまっていて、どこにあるのかわからない。原爆死没者名簿に、アミの祖母の名前がある。タエさん。米寿の手前で亡《な》くなったときいた。これはすべて、アミの父親から聞いた話だった。アミの父親も、かつての妻の母のことをほとんど知らなかった。アミの母親の話をすると、隣の席で表層的な笑みを浮かべつづけていた後妻が、Van Cleef & Arpels のネックレスのチェーンを触りながら忌《い》まわしそうな顔を浮かべる。そうだ！　ねえ、うみさん、このあいだお取り寄せしたマカロンがあるからと言って、お茶のおかわりを淹《い》れに立ち去る。そのお茶を沸かしている数分のあいだに、アミの父親がうみさんに話をした。アオも、その話をおなかのなかできいてたよ。アオの曾祖母のタエさんは、役場で保健婦をしていたらしい。往診で爆心地から離れたところに行っていて、即死をまぬがれた。タエさんの妹も母も、爆心地のそばにあった家のなかで死んだ。一九四五年八月六日まで、広島には一度も大きな空襲がなかった。広島は宮島の神様が御守りくださっているから大丈夫だとタエさんは原爆投下当日まで信じていた。あのひとは原爆のことは話したがらなかったから知ってるのはこれきりです。アミの父親が、そう言って、カップに残っていない紅茶をすするふりをした。

　そうなんだ。話をきいていても、ぼくの曾祖母が体験したという事実をどう聞いていいのかわからない。

　ねえ、アミは元気なの？　お父さんは。そう、ぼくは言った。元気だよ。アミは元気。うみさんが言った。そっか。うみさんはテレビを消して、すいかを切りはじめた。ぼくは隣で食器を洗った。このとき、ぼくの父という人に会ってみたいような気がした。でも、会いたいと、くちにしようとしてやめた。アミは元気。元気なことにほっとするのと腹が立つのとが同時だった。

おやすみ。おやすみ。ぼくとこよみは芽衣子さんのリビングで眠る。布団は清潔な石けんのにおいがする。雨がひたすら降っている。身体のなかにも雨が降っているような気がする。二〇二五年の夏休みの思い出のことを思い返して眠る。広島、福岡、長崎。新幹線でめぐる旅行だった。海の日にでかけた。海の日ってむかしは何の日だったかなあ。思い出せないとうみさんは言っていた。こよみがかかとの高いサンダルを履いて、靴擦れをしたのはどこだったっけ。坂の途中で、裸足になっていた。長崎のグラバー邸にむかう途中だった。どの都市もよく晴れていた。長崎の雨の歌をこよみは聴いていた。うみさんとくちずさんでいた。古い歌をほんとうにこよみはよく知っていた。こよちゃん、たくさん歩くんだからスニーカーにしたほうがいいって言ったでしょう。旅行の記憶でおぼえているのはこういう小さなことだった。東京駅構内の売店で買った駅弁は新横浜駅をすぎたころにはすでにあらかた食べ終わっていた。こよみはずっと音楽をきいていた。ぼくは一号車から最後尾まで、うみさんが眠っているうちに散策をして、車掌に咎《とが》められたりしていた。広島のお好み焼き屋で、ぼくはちいさなへらでお好み焼きを食べていてやけどをした。ジュースの氷をずっとくちがふくんでいた。広島は暑かった。こよみもぼくも、かぶっていた帽子が蒸れて髪がぺしゃんこになっていた。歩き始めは川がきれいだと言っていたが、すぐなにもいわなくなった。かつてママも修学旅行でこの道を通ったと、丈高い楠《くすのき》をみていた。一九一五年にチェコのヤン・レッツルというひとが設計した広島県物産陳列館が竣工《しゅんこう》した。これが原爆ドームか。鉄骨の天蓋《てんがい》をながめていた。きれいだね、とぼくが言った。タエさんもこの会館に入ったことあるかもね。この場所から南東約一六〇メートルのところで、原子爆弾は炸裂《さくれつ》した。秒速四四〇メートルと書いてあったけれど、それが、どんな爆風なのかがわからない。こどもむけにルビがふられた本を読んだ。原子ばくだんが、ばくはつするときにできる火の玉の温度は、中心部で一〇〇万度をこえ、大きさは一秒後に最大直径二八〇メートルにもなりました。地上約六〇〇メートルの上空でばくはつしたとき、原子ばくだんは小さな太陽のような火球となりました。ひらがながかえって読みにくいといいながら、こよみも読んだ。平和記念資料館を出て、三人とも無言で、川辺に腰掛けていた。タエさん、タエさんの妹、タエさんのお母さん、名前のしらないたくさんのひと。タエさんのお母さんは熱波を浴びて、家の中のガラスが刺さって死んだ。こよみが、ひいひいおばあちゃんはこの雲の下にいたってことだよね。そう言ってアメリカ軍が撮影したキノコ雲をみて言った。もうなにも食べたくない。そう言っていたけれど数時間経ったらおなかがすいた。陽が落ちるころ、うみさんが高校生のころに行ったお好み焼き屋に入った。すごい、何年経ってもかわらないんだ。そう言いながらうみさんが赤黒い革張りの椅子に座る。ふたりともどうする？　ふたつを三人でわけようか？　好きなの選んで。ジュースはどうする？　オレンジジュースと、レモンサワーください。こよちゃんはどうする？　こよ、ウーロン茶。じゃあ、ウーロン茶、お願いします。ネギかけにする？　うどん？　そば？　そばで。次の日に、厳島《いつくしま》神社で鹿を囲んだ写真を撮ったことはおぼえているのに、撮った写真を一度もみていない。ママも修学旅行できたよ。そのときの写真が家のどこかにあるはずだった。長崎の原爆資料館では、爆心地の近くに落ちていたという、誰の手かわからない骨をみた。熱線は、爆心地地表面温度で三〇〇〇〜四〇〇〇度、一キロのところで約一八〇〇度。太陽の表面温度は五七〇〇度、鉄がとける温度は一五〇〇度。とてつもない高温で、ガラスと手の骨がくっついてしまっていた。うみさんは、ゆりちゃんの骨みたいだと言った。ママの友達がずいぶん前に死んだのだとうみさんが言っていた。ねえ、長崎って坂が多いってほんとうだね。できたての五三焼カステラを買いながらこよみが言った。はじめは東京に持って帰るつもりだったのに、がまんできなくなって、三人でベンチに座って箱をあけた。カステラの食べ比べができる博物館があったらいいのにね。ふわふわして、しゃりしゃりした冷たい砂糖の味がしていた。歯ぐきがひんやりした。こよみはしゃりしゃりした底だけ食べる。こよみはヒールのあるサンダルをはいて痛がった。だからスニーカーにしたらいいって言ったのに。ヒールばっかり履くとあとで腰痛になるよ。うみさんだってしょっちゅうヒールを履いているじゃないかとこよみもぼくも思った。店員さんだって、雑誌だって、友達だって、彼氏だって言わないことを、ママだから言うのだとうみさんは言った。結局ホテルに一度もどってこよみはスニーカーに履き替えた。長崎の骨董《こっとう》店で、明治のはじめのものですよ、といわれて、こよみは、べっ甲簪《かんざし》をみせてもらっていた。ねえ、きれい。その秋草模様の散った蒔絵《まきえ》の簪を、こよみはずいぶんながいあいだみていた。うみさんがこっそり買って、こよみの誕生日にそれを渡した。グラバー邸の帰りに、着物姿のブロンズ像をみると三浦環と書いてあった。誰？　うみさんは、しばらく考えて、あ、「蝶々《ちょうちょう》夫人」を演じたひとだ、と言った。あるはれたひに。アミのお母さんが好きな歌だった。アミのお母さんの声をうみさんは知らないのに、なつかしそうに、言った。

広島と長崎。一九四五年八月にふたつの都市に原子爆弾が落とされた。人類ではじめて核兵器の被害に遭って、八十一年経った。二〇二六年に書いたこよみの感想文はそうはじまっていた。

アオさん、もう雀色時《すずめいろどき》だよ

ただいま。声が遠くできこえていた。アオさん。おかえりなさい。反射的にくちはその言葉をなぞるけれど、誰の声なのかわからない。桃さんが帰ってきた。その声だとわかっているのに、足音もきこえるのに、立ち上がれない。居候《いそうろう》なんだから玄関に出て挨拶《あいさつ》をせねば。そう思う。思うけれど、思い出されつづける思い出の方がはっきりとしすぎていた。ぼくの周りには、ただいまと帰ってくる男性がいなかったから、桃さんの帰宅を告げる声が奇妙に響いた。

うみさんとこよみ、三人で歩いた広島の日射《ひざし》の強さ。こよみがサングラスをかけて厳島神社の前で写真を撮る。ほとんど水の上を歩いているようだった。床板に隙間《すきま》があるのは、満潮のときに床下から押し上げてくる海水の圧力を弱めるためなのかとぼくはふたりに言い聞かせるように配布されたパンフレットを読む。うみさんが、このまま海の上も歩いてゆけそうだね、と言っていた。

アオさん

桃さんが、お茶を淹れて運んでくる。桃さんのすがたが目の前にある。広島の夏、こよみのサンダルの靴擦れ、回廊の朱塗り、波の音、海、全《すべ》てが消えて、奈良の春の夕暮れ時に戻っていた。

アオさん、一日中桜みてたの

桜の前で座布団の上で体育座りをしたまま、数時間経《た》っていたらしかった。あ、すみません。桜の前にいたけれど、桜はみていなかった。手足がすっかり冷えている。いままで、こよみとうみさんと、お好み焼きを食べていた。やけどしたくちをコップの氷で冷やしていた。でも、それはただ思い出しているだけだ。

桜酔いしたね

桃さんはぼくの肩を軽く叩《たた》いた。店番を上がったのだと桃さんが言った。桃さんのセーターから茶葉を焙《ほう》じた香りがする。

初子が茶畑みてから帰るって言うから、夕飯が遅くなるけど

そうですか

ぼくがくしゃみをして、鼻をかんでいると、桃さんが、あったかいおやつ食べる？ときいた。応《こた》えるよりさきに、たまにしかつくらないんだけどね、アオさんにスコーンでも焼きましょう。桃さんが熱いお茶を一気に飲み干して、台所にむかう。桃さんは骨張った手でスパチュラを持ち、粉をさくさく混ぜている。なにを配合しているのかわからない。練らないのが大事。そうなんですね。桃さんは、手際《てぎわ》よく混ぜて、生地がまとまってきたら、シートの上に生地を置いて伸ばして、縫い糸で生地を適当に切って、オーブンにいれていた。

焼けるまでにクロテッドクリームをつくろうか。スーパーの袋から、クロテッドク

リームと生クリームとサワークリームを取り出す。市販されている日本のクロテッドクリームは乳発酵の香りがしないから、乳のにおいがするように、三つのクリームをスプーンですくって混ぜ始める。ガラスボウルにたっぷりのクロテッドクリームを盛った。ときどきむしょうに食べたくならない？　そう言って、オーブンからとりだしたスコーンを桃さんが布でくるんで、食卓に運んだ。

何度嗅《か》いでも、赤ん坊の汗みたいなにおいがするんだよな

焼きたてのスコーンを手で割り、立ち上る湯気を鼻で吸い込んで、桃さんが懐《なつ》かしそうに言う。桃さんが思い出す赤ん坊は初子さんのことなのかわからなかった。湯気はわずかに酸《す》っぱいにおいがしていた。桃さんは、スコーンに、いちごのジャムをのせ、さらに少し粘りけのあるクロテッドクリームをこんもりよそって食べた。トーストと違って塗るんじゃなくてのせる。スコーンはクリームをのせる台座だからね。アオさん、あたたかいうちにどうぞ。そう言って、食べていた。

赤ちゃんのにおい。うみさんにスコーンを焼いたら、赤ちゃんのにおいのようだとママも言うんだろうか。こよみもきっとアオのにおいだと言うだろう。ぼくのおしめ

をかえたことをいまだに強調するから、きっとそう言う。ぼくには、小麦と乳発酵のにおいとしかわからない。きっとアミもそうだろう。もし、アミといっしょに暮らす時間が少しでもあったら、アオの赤ん坊のころみたいだ、と彼はスコーンを割りながら、生地から漂う湯気のにおいを息いっぱい吸い込んで言うだろうか。声も知らないのに、それを想像する。

スコーンの湯気がクリームを溶かす。あたたかくてなめらかだった。くちのあちこちにクリームが残るから、濃い紅茶を飲んでそれを洗い流した。スコーンは王の台座だから、ナイフを使ってはいけない。手で割るものだと、たしか、芽衣子さんが言っていた。ホテルのラウンジで彼女が言っていた。そのとき食べたスコーンは岩のように硬く、湯気もたっていなかった。

桃さんが、芽衣子さんと同じくらいのひととはとても思えなかった。齢《よわい》七十前後。芽衣子さんがひとより若くみえるということもあるけれど、それ以上に、桃さんが七十そこそこしかこの世にとどまっていないことが不思議だった。桃さんはスコーンをはんぶん食べると、あとは紅茶を飲んでいた。ぼくはスコーンをふたつ半食べた。桃さんは、畳に横たわる。つぎは夕飯の支度か。一日はほんとうにせわしないね。誰にいうでもなく言う。

ガラスボウルのクリームを舐《な》めにやってくる猫が数匹いるから、桃さんが一匹ずつ抱き上げて、くすぐる。そろそろ夕飯かな。ぼくは、猫の缶詰を六缶あけて、カリカリのキャットフードの壜《びん》もあける。飲み水をかえて、猫の食事が終わると、アオさん、悪いけど、夕飯までのあいだに、土間と裏庭の五輪塔に水をまいてきて、と桃さんが言った。

裏庭にまわると、たしかに五輪塔が何基か置かれてあった。初子さんが鳥取や九州の山奥から持って帰ってきた。高値で売れることもあるらしいと桃さんは言った。無縁になった五輪塔をそのまま持って帰ると窃盗になるから、土地の所有者を探して、了解を得て、買い取る。人里離れた場所に、いまや住む人がほとんどいないから、ほとんどが無縁になっていて、所有者はわからない。そのなかでみつかった希少な五輪塔だと言った。いずれも、五つ積み上がった石のあちこちが苔《こけ》むしていた。もとからある苔が枯れないように水をまいて育てる。

桃さんが貸してくれた、擦りきれてぼろぼろになった銀色のベンチコートをきて、ホースの蛇口をひねって、五輪塔に水をまいていた。積み上がった石は子供の背丈くらいあった。これが誰を供養《くよう》していたものなのか、桃さんも初子さんも、それを売った人も、ときおり通りすがりに手を合わせてゆく人も、誰もわからない。

水まきを終えるころ、初子さんが、物音を立てながら帰ってきた。彼女からは土のにおいがしていた。

ただいまー。アオさん、水ありがとうね。初子さん、おかえりなさい。ごめんね、雨降らなかったね、と初子さんが言った。雨？　雨が降るかもしれないと、初子さんが行きがけに言っていた。数時間前のこととは思えなかった。

いただきます

三人で膳《ぜん》をともにする。と言っても、向かい合って初子さんとぼくだけが食べる。叩ききゅうりの味噌和《みそあ》え、三つ葉ととうふの味噌汁、きのうの、きんぴらごぼう、角切りのアボカドとしらすがどんぶりの上にのっていた。オリーブオイルと醬油《しょうゆ》をかけて、食べた。桃さんは、アボカドを一切れだけ、初子さんのどんぶりからくすねて、手で食べた。やだー、お父さん、汚い。初子さんが顔をしかめる。

初子さんがお客さんからはしりのさくらんぼをいただいたというので、小さな赤い実を氷水に浸して器に盛った。どれも古いお皿のようだけれど、どういう来歴のものかわからなかった。皿洗いをしていると、初子さんが、明日はお店みにきたら？と言った。きょうの筍形《たけのこがた》の古染付かわいいでしょう。これは明《みん》時代のお皿だよ、と初子さんが言う。筍形の皿には柳が揺れていた。皿洗いが終わると、ふたたび猫たちの砂をかえる。もう一度水をかえる。長毛の猫がいるからか水面にしょっちゅう毛が浮いている。猫が食べ終えた皿もいっしょに洗う。唾液《だえき》が人よりも粘っこかった。居間で、洗濯物を初子さんが畳んでいる。洗濯物を畳んでくれる機械はやく安くならないかな、と言った。アオさん、洗濯物あるでしょう？　明日洗うよ。はちわれの猫が玄関から入ってきて、しっぽでふくらはぎを叩いてくる。おなかすいたの？　そう言いながら、皿に小さくえさを盛ると、あちゃこちゃと、猫がでてくる。ぐーちょきぱー。助六揚巻意休さん。初子さんが一匹ずつ名を呼んで、こちょこちょと身体《からだ》を撫《な》でている。多すぎてタケシ以外の猫がわからない。初子さんが、夜更《よふ》けにえさをやるとよからぬものがくる、と言う。よからぬものってなんですか？　……猫又かな？　初子さんはそう言って、風呂《ふろ》に入ってしまう。

部屋で一息つくと、今度は風呂の時間がくる。初子さんが湯上がりの水をくちにしながら、アオさん、お風呂さきにいただきましたよ、と言って去って行った。ぼくも風呂につかる。ヒバか檜《ひのき》かわからないけれど、良い香りのする木製の浴槽だった。湯からあがるときに、栓をぬく。渦を巻いて湯が落ちてゆく穴をみて、この家が底ぬけだったことが、ふとよぎる。

布団を敷いて眠る。昨日来たばかりなのに、もう長い間ここにいる気がしている。どっと疲れていた。おやすみなさい。桃さんの寝間着を借りて眠った。知らない家のにおいがする。目をつむると、中庭の桜が浮かんでくる。シャガの上に花が降る。桜が雪にみえる。寒いと思って布団を深くかむる。目をあけると、天井板の木目がみえる。廊下の明かりが襖《ふすま》の隙間からわずかに漏れる。みょうに板の節がみえて恐いから目をつむる。つむると桜か雪かわからない何かがひらひら散っている。眠りながら、また桜に酔いそうだと思う。

〽落花の雪に踏み迷う。音に呼ばれてそれをつぶやいた。意味はわからない。うみさんも意味を知らないはずなのに、つぶやいていた。口伝えでおぼえた、波に揺られているようなリズム。一体どんな物語なのかわからない。日野俊基が都から鎌倉に護送されるまでの道行文。そう聞いても、その人の心情がまるでわからない。

〽恩愛の契《ちぎ》り浅からぬ、我故郷《ふるさと》の妻子をば、行方も知《しら》ず思置《おもいお》きまるでしらないのに、アミを思いだしていた。会ったこともないのに。声もしらないのに。アミは、いま東京にいるんだろうか。会おうと思えば会える。会いたいのか、会いたくないのか、考えようとすると眠ってしまう。

朝起きると、初子さんが、スコーンを温め直していた。

アオさん、おはよう
おはようございます

ぼくがくしゃみを連発すると、初子さんは、風邪ひいちゃったかな？　と言って、ビタミン剤と、湿気《しけ》ってぺちゃんこになった漢方の袋を差しだす。元気だったらあとでお店においで。そう言って出て行った。漢方を飲んで、ビタミンを多めに飲んで、温め直したスコーンを齧《かじ》った。ガリガリと、石でも食べるように硬くなっていた。洗濯機にじぶんの洗濯物を放りこんでから、家を出てみる。玄関先でふいに底ぬけのことを思い出して、靴に足を差し入れるのに躊躇《ちゅうちょ》して、軽く躓《つまず》いた。

通りをまたいですぐのところに、桃さんの店があった。桃園と染め抜かれた白いのれんが揺れていた。なかをのぞいたら、桃さんが白衣を羽織って、店番している。従業員のひとたちも、揃《そろ》いの麻製の白衣を羽織っている。観光客らしきひとに、「茶は養生の仙薬なり」という言葉がありますから、と嗄《しゃが》れた声で桃さんが接客している。

ちょっと前まではお茶がとれる北限は新潟だったんですけど、二〇三〇年くらいからかな、青森でもおいしいお茶が生産できるようになって

旅行客は、小瓶に入った茶葉のにおいや色を確かめながら聞いている。桃さんがしゃがれた声で、まあ作物といっしょですから、と説明をする。桃さんの声はみょうに説得力がある。手摘みより機械摘みの方が早いし質が良いんですよ。必ずしも手摘みがいいとは限らないし。神事なら手摘みですが。声量はあるけれど嗄れているから、こちらが耳を傾けないと正確にききとれない。旅行客も身体を桃さんの方に傾けて聞いていた。

天井の高い小さな店だった。接客する桃さんを背に壁にいくつか飾られてあった箱

のJAPAN TEAと描かれた華やかな文字をみる。海上に朝日が昇るなか、お茶の葉を羽代わりにした真緑の鶏がOHAYOと鳴いているラベル、飛び跳ねている鹿のラベル、駕籠《かご》舁《かき》と着物すがたの女のラベル、福助人形、RONINという文字と大石内蔵助《くらのすけ》が山鹿流陣太鼓を叩きながら討ち入りをしているラベルのJAPAN TEAは文字が雪化粧していた。GEISHA BRAND、KEKKO、いろいろな茶箱が並んでいるのを見上げていると、初子さんが奥からでてくる。いらっしゃい

これは全部明治から昭和初期にかけての輸出用の茶箱です。このラベルは蘭字って呼ばれていたんだけどおもしろいよね。色彩も鮮やかだし。湿気ないよう、茶箱の上から筕篖《アンペラ》っていう植物繊維を巻いて輸出していて。ラベルも、インクの臭《にお》いがお茶につかないように、木版多色摺《ず》りでつくられていたんですよ

初子さんは、中東や北アフリカに輸出もしていたから、アラビア語やフランス語のラベルもありました、とみてきたような懐かしさで指して言う。

日本茶って、みんなどうやって飲んでたんですか?

アメリカだと、TEAといえば最初は緑茶のことだったんだけど、砂糖とミルクを入れて飲んでいたみたい。基本的に貧しいお茶だと思われていたしね。ストレートで飲むように岡倉天心がパリ万博のころに推進したみたいだけれど、根づかなかった。最近じゃない？　そのまま飲むようになったのって。それに、明治末期からの輸出用茶葉のほとんどは、粗製茶っていって、乾燥状態の悪いものとか、砂で嵩《かさ》増ししたりした、碌《ろく》でもないお茶が輸出されたから。JAPAN TEAは粗悪なお茶だったんでしょう

砂糖とミルク入りの緑茶といえば、うみさんが夏場に好んで飲んでいた、砂糖入りの抹茶《まっちゃ》の粉末を思い出していた。

接客を終えた桃さんが手を小さく挙げる。桃園には、奈良に限らない、いろいろな産地の茶葉が置いてあった。茶師の製法によってずいぶん味がかわるから、その方がおもしろいよね。桃さんはそう言って、つぎつぎに小瓶を出してくる。茶葉のかたちを手のひらでみせながら、こまかな色や香り、味の違いを話していた。

自分の畑のお茶を売るだけじゃないんですね

うちのは店にほとんど出していないから

え？

初子さんが、まずいんじゃないのよ、と言い足した。ときどきお店に出すこともあるけれど、そんなにとれないから

アオさん、風邪は大丈夫？

ひきはじめ、くらいです

それならいいけど

油断しないでしっかり治そうね。母親のような口調で初子さんは言い、白木造りのカウンター席に座るよう促してくる。好きなお茶を淹れるけど何がいい？　なんか、あたたかいのをがぶがぶ飲みたいです。がぶがぶ、ねえ。じゃあ、阿波晩茶にしようか。いいね。桃さんが、ちいさいコンロで煎《い》りはじめる。柚《ゆず》の木のそばでとれた茶葉で、柑橘《かんきつ》と土の香りがひろがる。おれも疲れたときに飲むやつだよ。畑で作業するときとかね。湯気があたたかく、少し大きな湯飲みで飲んだ。お店に人があらわれては去ってゆく。

風邪がいちばん厄介だからね

初子さんが豆皿に梅干しを持ってくる。大きな塩漬けの梅だった。癌《がん》で死なない時代になった代わりに、今度は風邪で死ぬようになった。薬が効かない。風邪をこじらせて死ぬ。簡単な感染症で死ぬ。転んで、天麩羅《てんぷら》の油がはねて、ジム通いのせいでできた水虫が化膿《かのう》して、そうしていままで死なかったことで、人が死ぬ。こよみの友達だって親知らずの抜歯でＩＣＵに入った。

店内で会う初子さんは、ずいぶん若くみえた。粗茶と呼ばれている玄米茶だって、おいしい。白折《しらおれ》、玄米、芳《かん》ばしく、色よくお茶を淹れる方法はいくらもある。焙煎《ばいせん》は毎日気温や湿度がちがうから、ほんのすこしずつかえるのだと、桃さんが新しく来た旅行客の女性に説明している。緑茶も、ほうじ茶も、紅茶も、発酵茶も、すべてチャノキから育っていることがふしぎでならなかった。

湯飲みで二杯、がぶがぶ飲んで立ち上がった。お支払いは？　いいのいいの

アオさん、今日こそ雨が降りそうだけど

店を出ようとすると、初子さんは、雨が降るかもしれないと、置き傘を探しに行っ

てしまう。雨が上がるまでここにいたら？　桃さんは雨が降る前からそう言った。初子さんが持ってきたのは、赤や黄色の小花柄の傘だった。ぼくの表情をみてすぐ初子さんは、まあまあ、降ったら困るでしょう、もっていらっしゃいよ、と傘を握らせようとする。そういわれても、小花柄の傘を持って歩くのは気が引けた。ありがとうございます。でも少し散歩したらすぐに帰りますから。そう。初子さんは残念そうに傘をゆらして、鹿《しか》に気をつけてね、と手を振った。

神の使いだった鹿はもうありがたい存在ではない。写真をいっしょに撮る人も減ったと初子さんが言っていた。人口が減少したかわりに、鹿もイノシシも猿もテンもハクビシンもタイワンリスもふえた。廃屋に生息して子供をうむ。鹿に寄生していたダニが原因で修学旅行生にライム病が流行したこともあった。

初子さんは、羽織っていた白衣のポケットから、小さなカイロを出した。これ貼《は》ったら？　ぼくはそれをタートルネックの下の背中に貼る。あったかいです。よかった。カイロを貼った背中を初子さんはぽんと叩く。気をつけて行ってらっしゃい。またあとで店を出ても、行きたい場所がどこも思い浮かばなかった。とりあえず、歩いて行かれる寺でも行こうかと思って歩いていると、雨の降る音が聞こえる。あ、まずい、雨だ。そう思うけれど、雨粒が降らない。音だけして、空は晴れたままだった。路上も乾いている。それでも雨音は聞こえていて、歩くごとにその音が大きくなって聞こえた。きみが悪くなって、そばのマンションのひさしを借りる。雨が降ったら、桃さんの家の桜が散ってしまうだろうかと思う。雨の音がするから、反射的にひさしを借りる。音はして、水が降らない。ひさしから手を出すけれど、何も落ちてこない。

すみません、どうかしました？

後ろから声がして振り返った。マンションの玄関先に、起毛した白いパーカーを着た、黒目勝ちの女性が立っている。顔のなかで目だけが異様に大きくみえる。

あ、すみません

雨宿りですか

雨音がしたと思ったんですけど

雨？

女の人が笑いながら、雨降ってます？　と近づいて応える。雨の音がして。ぼくは不審者に思われぬよう、背筋をのばしてこたえる。軒をお借りしていました。ありがとうございます、と軽く礼をして歩き始めようとすると、女の人が玄関の壁にもたれかかりながら、もしかしたら、と歩くのを制するように言う。女の人のまつげは、瞬《まばた》きをすると音がしそうなほど長い。

雨音は、うちからしている音かもしれません。私、このマンションで、ネイルとまつエクのサロンを経営しているんです。養蚕て、わかります？

蚕のことですか？

そう。若いのに詳しいね。屋上菜園。屋上養蜂《ようほう》。それと同じように、屋上で養蚕をしているんです。蚕ってみたことありますか？　とてもかわいいですよ。これも、うちでとれたシルクを両目で四百五十本つけてるんです

長くもちあがったまつげをひとさしゆびで撫でながら言った。

まつげエクステって、知ってます？　うちは、ぜんぶシルクをつかってるの。人工毛より細くて張りがあって。接着剤も、ホルムアルデヒドのでない天然接着剤でやってて、医療用の殺菌消毒器も備えているし、感染症の心配は無用です。あなたは、まつげが長いから必要ないね

女の人はパーカーの袖口《そでぐち》を握って口もとを隠して、笑っている。口を隠すとさらに目だけが顔に浮かんでるようにみえた。

姉がつけてたことあります、まつげ、赤くしたり、紫にしたり

お洒落《しゃれ》なお姉さんね。もしよかったら、雨音きいていきますか？　せっかくだし

女の人は、そう呼びかけて、オートロックのドアをあける。どうぞ、とも言わない。入るのが自然だというように、もう一度振り向いて手招きをする。

おいでおいで

女の人がエレベーターに乗って、ぼくをみる。声は出さずに、手招きをする。おいでおいで。細長い手をゆらして、にっこり、笑う。接客用の笑顔で、気味悪いくらいに笑っている。

雨音と蚕って関係あるんですか？

蚕が桑の葉を食べる音が、そうきこえたんだと思いますよ

エレベーターのドアが閉まると、清浄装置が速やかに除菌をしているという説明が、エレベーターの階数と同時に表示される。1、2、3……どんどんあがってゆく。

女の人の、髪か肌か、どこからか、つけたての香水が漂う。強い香りにくしゃみがでる。失礼。くしゃみをしたら謝りなさい。菌をまき散らして失礼だと思わないと。そう言っていたのは、祖父だったっけ。芽衣子さんが離婚をしてから、祖父なんて存在は、さいしょからいない気もしてきていた。離婚をするずっと前から、ぼくは祖父を祖父だと思うことができなかったのかもしれない。くしゅん。もう一度くしゃみをする。花冷えの季節だもんね。女の人が笑む。あなたの香水のにおいがきついのだとは言えない。エレベーターの清浄装置は稼動《かどう》していないのではないかと思う。女の人のつけていた香りはジンジャーリリーに似ていた。香りに嗅ぎ覚えがある。家の庭にも咲く、晩夏の花の香りだった。甘くて切ないあたたかみのある香りだった。その花は、二学期が始まったことを知らせる。蕾《つぼみ》がいくつもついて、下から順番に咲いてゆ

く。長い蕾が揺れて、それが鳳凰《ほうおう》の羽にみえると芽衣子さんがながめていた。鳳凰とトキをうみさんは誤っておぼえていた。存在しない鳥という点では同じなのかもしれない。それが咲くと夏が終わる。秋祭りのお囃子《はやし》といっしょに甘い香りが庭に漂った。こよみは、祭りをみるたびに、神輿《みこし》を担《かつ》ぎたい、と言ったけれど、ただくちにしているだけで、祭りの翌日にはもう忘れていた。11、12、13階……数字がどんどんふえる。

31、32、33……

え、こんなに高いマンションなんですか? 何階建てなんですか?

玄関先で雨宿りしていたときは、そんな階数のあるマンションだとは思わなかった。女の人は笑っているけれど、それには応えない。

生きた蚕ってみたことあります? 理科の授業で飼ったりするんだけど

ぼくの学校ではなかったです

そうなんだ。私はね、小学生のときに、理科の授業で蚕を育てて、観察日記をつけたんですけど、私の蚕だけうまく育たなくって、まゆもつくらず死んじゃったんです。それが悔しくて。蚕ってかわいいんですよ。蚕は、美しい絹糸をとるために人間が交配させつづけたから、繁殖も自力でできないし、繭《まゆ》からもうまくでられない。成虫は、口吻《こうふん》が退化しているから、ものも食べられない。交配するために生きて死ぬだけ

女の人が饒舌《じょうぜつ》に話しているうちに、最上階に着く。エレベーターを降りると、防火扉と、非常階段だけがあった。非常灯のついた鉄製の階段をのぼってゆくと、広い屋上にたくさん桑が植わっていて、桑畑のなかにコンクリート製の箱のようなかたちの家があった。

マットで靴を拭《ふ》いてくれますか?

よーくね、よーく。粘着テープみたいな板が玄関先に敷かれてある。蚕に虫がつかないように、靴の汚れを拭き取ってから入ってほしいと言われて、べとべとするシートの上で足踏みをした。

玄関をあけると、白っぽい大理石の床が広がっていて、女の人はフリルのついたス

リッパを履くと、使い捨ての白いスリッパを取り出した。天井の高いリビングに、一台のリクライニングチェアが置いてある。ワゴンに置かれてある、ハサミやニッパー、接着剤、まつげエクステの見本。ここでお店をしてるのね。ひとりでやってるお店だから、一席だけ。いいお店でしょう。外には桑も植わってるしね

まゆです

女の人は唐突に名前を言う。漢字は、眉毛《まゆげ》の「眉」。むかしは眉が美しいのが美人の証《あかし》だったから、「眉」の字をあてたって両親が言ってて

あなたは?

眉さんが名前を言ったから、ぼくも名前を言うことになる。アオ君、お茶を淹れるね。おかまいなく。そう言ったけれど、眉さんにはそれが聞こえない。座って待ってて。屋上で摘んだ、桑の葉のお茶を淹れるから。台所に入った眉さんを待っていた。

お茶を飲んだら帰ろう、そう思う。人の家に入ると、すぐに帰ることを考える。

花柄のマグカップに注《つ》がれた桑茶がでてくる。蚕はデリケートだから、湿度も温度も管理された部屋にいるのだと眉さんは言い、白い扉の前に、ぼくを引っ張って行く。この扉のむこうで蚕が桑の葉を食べている。蚕籠《かいこかご》に葉をしきつめて、たくさんの蚕が、熱心に葉を食《は》んで、あきたら眠る。扉からは、トタン屋根に雨が落ちているような音がしていた。眉さんの声がききとりにくいくらいだった。リビングに戻ってお茶をのもう。眉さんが耳にくちびるをくっつけるように話す。繭になったら、お湯にくぐらせる。七〇度のお湯にくぐらせて、まつげエクステにつかうのだと眉さんが言った。

見晴らしがいいですね

リビングからは外がよく見えた。立ち上がって、窓に近づくと、さんさんと射していた日が急にかげりはじめる。窓のむこうに山が見えて、そこには一面の桜が広がっていた。

ここからは、吉野山の桜がみえるでしょう

吉野ってこんなに近いんですか

そうそう

眉さんが、ドライフィグのつまった壜をだして皿によそう。フィグっておいしいけれどときどきなかに白い虫が死んでるの知ってる？　まるごと食べるから気がつかないけれど。ぼくはすぐ近くのはずの桃さんの家を探そうとするけれど、道がよくわからない。川が通っているのだけわかる。吉野川。眉さんが言う。吉野の桜はね、山のなかに入って桜をみるより、遠くからながめるくらいがいいの。吉野山はさびしい場所だから、花見に行っても、楽しくないよ。頂上でコーヒー沸かして飲んだりしているひともいるけれど、あそこにいると、しみじみかなしくなっちゃって、私はもうずいぶん行ってない。そうですか。吉野川が花筏《はないかだ》になっている。吉野山に咲くのはシロヤマザクラ。桃さんの家の桜が恋しくなっていた。吉野山にはソメイヨシノも咲いているみたいだけど。酸性雨でシロヤマザクラが枯れて一時ははげ山になったりしていた。吉野山って春になると人が多くて、吉野葛《くず》、こんにゃく、いろいろ売ってる。団子も売ってて。わらび餅《もち》も売ってるけど、あれはほとんどコーンスターチでできてる。

ひとは買い食いが好きだから、なんでもいいんだよね。吉野山ってすごい遠いんですよね？　どうしてここから吉野山がみえるのか。吉野山はね、こうしてながめているくらいがちょうどいいよ。山には入らない方がいい。大峰につづく修験《しゆげん》の山だから。昔、後醍醐《ごだいご》天皇陵のところで、バスの最終が出て、帰れなくなった。ずっと塔尾陵《とうのおりよう》の階段に座ってた。そう眉さんが言った。

窓の外の山の白さが、雲なのか霧なのか、桜なのか、よくわからない。帰ろう、と思う。思うよりさきに、立ち上がる。お茶を飲み干し、礼を言うと、眉さんもいっしょに立ち上がって、施術に使っているというリクライニングチェアをたたいた。ねえ、せっかくだから、ネイルケアして帰る？　一時間もかからないから。男性でもやるの知ってる？

はい

祖父がやっていた。そう言おうとして、知り合いが、とくちを動かしていた。あのひとの爪《つめ》はいつもきれいに磨かれていた。服飾にお金をつかっては芽衣子さんに無心をしていた。ぼくたちの家がいつまでも丈夫なことを知って、土瓶蒸しを食べながら、爆竹の音をくちびるから唾《つば》を飛ばしてまねて、隣にいるうみさんに覚えているかを祖父はたずねる。パパがシロアリを駆除したの。うみさんが子供のころ、祖父は、シロアリの巣穴をシャベルでひろげて、爆竹を押し込んだ。地面の下で爆竹が鳴るのを何度も繰り返した。うみちゃん、これパパが子供のころに流行《はや》った遊びだよ。蛙《かえる》の尻《しり》の穴にねじ込んで爆発させたり、ザリガニのハサミにもたせたり。ハサミがもげたり、もげないやつもいたり。ザリガニの殻を剝《は》いで釣りをすると、すぐまたザリガニが釣れるの知ってる？ すっげーおもしろいの。今度パパが有栖《ありす》川《がわ》公園でザリガニとってこようか。爆竹はね、音で悪魔を振り払うんだよ。悪魔払いに、友達の鼻の穴に爆竹を詰めたこともある。その友達は救急車で運ばれた。そう言っていた。

せっかくだから、アオ君にやってあげる。お手入れしてる？ きれいな手だね

眉さんが手を握っていた。はやく帰りたいと思うのに、除菌のためだというジェルを指に塗りたくられる。甘皮をふやかそう、と言って、お湯の張られたボウルに全部の指をつける。

あ、ほんとうの雨

大きないなびかりがして、雨が降りはじめる。眉さんは、うつむいて、甘皮を剝がしながら、こわくない？ そうたずねる。なにがこわいのかわからなかった。こわくないです。通り雨かな、大きい音だね。眉さんがすばやく爪を手入れして、短く、ぴかぴかに光る爪が自分のものとは思えずに奇妙だった。施術はこれでおしまい。そう言って、手の甲にジンジャーリリーの香りの保湿クリームを塗る。この香りが眉さんから漂っていたのかと思う。眉さんの手がいつまでもぼくの手を握って離れない。

雨が上がるまでここにいたら？

窓にたたきつけるような雨が降っていた。

いえ、すぐ近くに知り合いのお店があるんで。そこまで走ります

眉さんが手を離さない。

帰らないで。アオ君

雨で道がぬかるんで、滑って転んだらいけないから、ここにいたらいい。眉さんが言う。ほんとうの雨の音と、白い扉のむこうから絶え間なく聞こえる雨に似た音が重なってきこえる。滑って頭を打って死んだひとはたくさんいる。四条天皇は、それで死んだ。侍女を転ばせようとして、いたずらをして、それに自分が転んだ。二歳で即位して十二歳で死んだ。こよみの父親だって、非常階段から足を滑らせて死んだ。新宿ゴールデン街の急勾配《こうばい》の階段でも、何人ものひとが滑って頭を打って死んでいる。

アオ君、お昼ごはん食べよっか？

雨音のなか、眉さんが嬉《うれ》しそうにまた台所に入る。しばらくすると、巌《いわ》のようなものがでてくる。眉さんが、少し間違えたといって、片栗粉の味しかしない揚げ物がでてくる。急いで食べ終えて帰ろうと思う。眉さんが、あ、もうすこし揚げた方がいいかも、とひとくち齧った肉の色をみて、唐揚げを引っ込める。ごめんね、アオ君、せめて食べてから帰って。ひとりじゃ食べきれないから。あの。あの。呼びかけても、眉さんは応《こた》えない。唐揚げをもう一度揚げている。台所から、もう一度揚げ物がでる。いそいでくちに運ぶ。熱いけれど、丸呑《まるの》みするように揚げられた硬い肉をくちにいれる。上あごの皮が剝がれてひりひりしている。蚕をみせてくださって、いろいろありがとうございました。お茶もごちそうさまでした。爪もぴかぴかにしていただいちゃって……おいくらですか？

眉さんは応えない。眉さんの黒目がちの目から生えそろったまつげがさっきより伸びているようにみえる。伸びている、と思うけれど、まじまじとみていないからわからない。もとからそのくらいの長さだった気もする。行かないで。もう少しここにいて。眉さんがそう言うと、シルク繊維のまつげがぽろぽろとれてゆく。そんなにすぐにとれるエクステじゃ商売にならないじゃないかと思う。眉さんに、どこに住んでるの？　ときかれる。場所を言ってはいけない気がして、近くに知り合いが居てとこたえる。あの、まつげが落ちちゃってますよ。え、眉さんが目の下をさぐる。ほんとうだ。指のはらについた毛をみる。ひじきみたいな繊維だった。すぐにやむ雨だと思うから、雨がやむまで、ここにいてね。濡《ぬ》れたらいけない雨かもしれないから。どんな雨なのか知らないで浴びたらいけないから。いろんな雨が降るんだから。あのね、うち、傘が一本しかないの。アオ君がそれつかったら、私が濡れちゃうでしょう。眉さんが言う。傘をお借りしなくても大丈夫です。さっき、初子さんの小花柄の傘を借りておけばよかったと思う。窓の外をみる。雨のむこうに、桜がみえる。ほんとうに吉野山の桜なのかわからない。花筏の川が流れている。花なのか白波なのかよくわからない。もう一度いなびかりがする。すぐに落雷の音がする。思わず、驚いて、声が出る。窓の外がいっせいに光る。もう一度光ると、雨の代わりに大太刀が降ってくる。するどい切っ先の刃がきりなく地上に降り落ちてゆく。五尺。九尺三寸。高麗剣《こまつるぎ》。たまつるぎ。つまがたな。小剣。サバイバルナイフ。サーベル。出刃包丁。コラ。オピネル。刀の雨が降っている。刀の雨じゃここから出られない。窓をながめていると、きゅうに足が冷える。冬がきている。吉野に深雪《みゆき》が積もっている。床の大理石がぬくなる。床暖いれたよ。眉さんが、ぐつぐつ煮える鍋《なべ》を、ミトンでつかんでもってくる。これを食べたら帰ります。雨に濡れて風邪ひいたらたいへんだよ。もうひいてます。眉さんはそれには応えない。煮えたぎる鍋の湯気をふうふうくちで冷まして、ぼくのくちもとにくたくたになった白菜を眉さんはもってくる。さ、食べて。眉さんは、雨をみながら、夕立に濡れてそのままでいたら重い夏風邪にかかったことがあると言った。冬にどうして夏風邪の話をするのだろうと思うけれど、鍋が冷や汁に変わっていて、夏がきている。ふたりとも汗をだらだらかいている。夏風邪って、こじらせると、冬の風邪より怖い。喉《のど》が真っ赤になって、舌にいちごみたいなぶつぶつができて、しだいに喉が腫《は》れ上がって、治らないね、なんて思ってたら、今度は血尿がでる。後醍醐天皇も、夏風邪をこじらせて死んだから。そうなんですか？　帰りたい。そう思っても帰れそうにない。眉さんがうれしそうにふたたび台所に立って料理をする。そういうときにかぎって、晴れ間が見える。帰ろうとしてコートかけの上着をつかむと、眉さんが、おねがい！　ひとりだと食べきれないから食べてから帰って！　手と手を合わせて頼まれる。晴れ間をのがして、雨になる。雨だと思って糸が降ってきたことがあった。青山の骨董《こっとう》通りで降ってきた雨だった。糸の繊維に埋もれていてあたりがよくみえない。そんな日があった。相合い傘をしていた。アミとうみ。相合い傘をしたからふたりはいっしょになった。ママのウェディングドレスってほんとうにきれいだよね。こよみはいつもパソコンに入っていた写真をみながら言っていた。モニーク・ルイリエの、絹糸。花柄の刺繍《ししゅう》糸。それがほどけて垂れて、空から降って雨になる。

やまないね
雨降りやまないね
また何かが降っていた。降りやまない雨。うれしそうに、のびやかな声で、眉さんが窓の前に立ってひとりでしゃべる。
ごめんね、いま傘が一本しかなくて
傘がない。そういう歌があったね。ぼくはその歌がわからない。
え、知らない？

眉さんの小さな唇が動くけれど、いっこうに歯がみえない。黒いぽっかりした穴があいているだけのようにもみえる。ぼくはソファに座っている。座っているのか座らされているのかわからない。施術のためのリクライニングチェアに座っていたら、爪につづいて絶対にまつげエクステをつけられると思うから、ちいさな二人がけのソファに腰かける。白くて、かたい革のソファだった。眉さんが台所からティッシュをもってくる。雨が上がるおまじない。そう言って、ティッシュを何枚かひきぬいて、まるめて、てるてるぼうずをつくる。てるてるぼうず。アオ君も晴れてほしいでしょ？　手動かして。顔かかなきゃ。どんな顔にする？　にこにこしてたほうがいいかな。眉さんがいう。マジックで、顔を描く。インクの出がいいのかティッシュの繊維が粗悪なのか、インクがにじんで、異様に目の大きな人形ができる。

晴れたらいいね

これもまた流行ったというJ－POPをくちずさみながら、脚立で天井にてるてるぼうずをつるす。その歌もしらない。えーこれも知らないの？　なんかすごい年上み

たいになっちゃうね、私が、やだな

晴れたらいいね晴れたらいいね晴れたらいいね

眉さんは、てるてるぼうずの首を天井のシーリングライトに吊《つ》るして、軽やかに歌う。あ、これってさかさに吊るんだっけ？　さかさにすると雨がもっと降っちゃう？だめだね、肝心なところ忘れちゃった。てるてるぼうずを吊るすとさらに雨量が激しくなる。すぐにやむ雨だと思う。眉さんがひとりごちて頷《うなず》く。ゆっくりしていって。何かみる？　映画とか。何が好き？　眉さんが映画の名をあげようとする。いえ、おかまいなく。ふたりでちいさなソファに腰掛けて、桑の葉をみているしかすることがない。眉さんの肩がぶつかるたびぼくは小さくよける。よけてもくっついているような気がする。眉さんの香水が体に絡《から》みつくように漂う。さっきよりにおいがきつくなっている。雨が上がるまで。そういってどのくらい経《た》ったのか。

くちびる乾燥するね

眉さんがポケットから口紅をくりだして塗りはじめる。

これ、かわいいでしょ。わたしくちびるが薄いでしょ。だから輪郭をすこしあつめにとって塗るといいのね。これ、お客さまがマダガスカルのおみやげにくれたの

マダガスカルの口紅ですか？

ううん、どっかの空港の

会話がはずまない。はずまないのにはずんでいるような口調で、眉さんが話しつづける。

パリか、モーリシャスか、バンコクか。どっかの免税店じゃないのかな。免税店に行かなきゃって思って移動するトランジットって疲れるよね。マダガスカルに行ったお客さまも、いつも基礎化粧品はぜんぶ免税店で買うんだって。クリームが切れるころまた旅をする。クリームのためにマダガスカルに行く。そう言ってた。アオ君は、マダガスカル行ったことある？

ないです

だよねー。ないよね、ふつう

マダガスカルにもね、美しいお蚕さまがいる。マダガスカルには、かつて王国があった。十九世紀のメリナ王国は養蚕業がさかんで、インドネシアから染色技術が伝わってきたから、家蚕だけじゃなく野蚕絹を天然色素によって染めあげて王侯貴族の衣服に用いた。マダガスカルにいる野蚕の、ランディベ。チョウ目カレハガ科。日本名は、マダガスカルトゲマユカレハ。マダガスカルにしか植わっていないタピアの木の葉っぱだけを食べて育つ。だからマダガスカルにしか生息しない。ランディベの吐く糸は銀色で、輝いた繭がタピアの木に垂れる。光沢のある蚕玉は、数百の小管状構造を持つ。ぷつぷつこまかな孔《あな》もあいてみえる多孔質構造だから、軽く、空気を含むからなかは暖かい。ぬくぬくお蚕さまは眠っている。その銀色の糸から織り布ができる。Lambamena. 意味は、赤い布。死者のために織られる布。死者のおくるみになる布。死者たちを掘り返して、ときどき新しいランバメーナでくるみ直す。幾重にも布にくるまれた祖先の体を、いま生きているひとびとがさする。

蚕は食べてもおいしいしね。蚕はメリナ王国の王子たちのおやつだった。昔から蚕って栄養食にされてるの、知ってるでしょう。長野とか、私がちいさいころは、お土産屋に、蚕のさなぎがパックで売られてたり、甘露煮もあったかな。それはざざむしだったかな

身を寄せ合い、繭を巣にして眠る蚕たちもいる。イチジクの葉っぱを食べるアフリカのAnaphe infracta. 赤道直下の赤土で育つ茶褐色の大きな繭。そのなかで、数百匹の蚕がそれぞれ部屋を仕切って眠っている。アナフェは、マダガスカルにもいる。光を浴びてみんな眠って羽化を待つ。

マダガスカルの太陽を浴びる繭の話をしていると、急に陽がさしてまぶしくなる。晴れてきた、と思う。立ち上がろうとすると、眉さんがにっこりほほえむ。

アオ君、ドライフィグ全部食べて。一回出したらしけっちゃうから

昔は、家族で長野までスキーに行ってた。奥志賀の方に行ったら、雪がパウダーみたいにきれいで、三月でも新雪みたいだった。湯田中っていうひなびた駅で降りて、そこはリトルタイランドになってるんだけど、温泉つかったら、おいしいカオ・モッ

ク・ガイ食べたり、ヤム・ヘッフーヌー・カオ食べたりできて。きくらげのヤムってビールに合うんだよね。お土産屋に売っていた蚕は、とろんと甘くて、干し草のような味がした。栄養そのものって感じの味。干し草のしけった風味を、濡れぞうきんのようなにおいに感じるひともいるらしいけど。眉さんはよくしゃべる。ぼくははやくこの部屋を出たいから、一心にフィグを頬張る。嚙《か》みにくい。かたい。歯と歯のあいだに果肉がはさまる。唾液《だえき》が足りなくなる。晴れ間のあいだに食べ終えねばと思う。そんなに食べたら歯に詰まらない？　眉さんが、くちもとを隠すように手をあてて笑う。みて、アオ君。ラグビーボールを眉さんがもってくる。ラグビーボールにみえるでしょ。これが、アナフェ。茶褐色の、たわしのような繭だった。この繭のなかで蚕たちが眠る。数百匹の群れがここに眠っている。これもマダガスカルのだよ。イチジクをいっぱい食べて育つから、この蚕もフィグの味がきっとするね。眉さんがぼくの手にそれをのせようとする。晴れ渡った空に雷鳴がする。青空がどんどん押し流されて、黒い雲がたちこめる。ふたたび降りはじめてしまう。雨量が多くてなにもみえない。

眉さん、雨が

え？
雨漏りじゃないですか
眉さんの部屋の白い壁も濡れてゆく。吊っていたてるてるぼうずが水浸しになって降ってくる。こんなにつくったかしらと思うくらいに落ちてくる。黒ずんだひとがたが落ちてくる。ティッシュにふくまれていた黒いインクが流れ出して、床に黒ずんだみずたまりをつくる。眉さんが舌打ちをする。せっかく左官屋さんにやってもらった漆喰壁に雨筋がついちゃった！　どうしてくれんだよ！　くそっ！　スリッパで何度もてるてるぼうずを踏んづける。踏みつぶされるたび、黒っぽい水がてるてるぼうずから溢《あふ》れる。漆喰も蹴《け》って、スリッパの跡が湿って壁に残る。雨の跡もべったり黒い染《し》みになっている。インクなのかほかの何かなのか、ぬぐっても、染みが全然とれない。ぬぐってもぬぐってもとれない。かわらず外から雨の音が聞こえる。暴れるだけ暴れて、眉さんは急いで蚕を育てている部屋の様子をみにいく。そのすきに帰ろうと思って玄関に行くと履いていた靴がなくなっている。後ろから、眉さんがぼくを呼ぶ。コーヒー、淹《い》れたよ。けろりとしとやかな雰囲気に戻って、コーヒーのマグカップをさしだす。カップの内側に茶渋の輪が幾重もついている。

雨漏りを直そうにも、晴れないとね

洪水警報のサイレンが地上で鳴っている。増水して吉野川が氾濫《はんらん》している。眉さんは、大丈夫、ここまで水は来ないから。それに、このあたり、こういうのしょっちゅう鳴る。警戒水位をこえることなんて滅多にないから。私、施術につかうシルクの選別するから、アオ君はくつろいで

いえ、もう、ぼく、本当に帰らないと。失礼します

待ってアオ君、いまエレベーター停電しているから地上階までは非常階段でおりないと。危ないよ？

よし、じゃあお花見でもしよう。吉野山はここからは特等席だよ。アオ君アオ君。ぼくの名を連呼する。雨で景色なんてろくにみえないのに、雨雲のむこうにみえる白い桜の山の話をする。花見団子でもつくろうか？　そう言って、眉さんが台所から大きなボウルをとりだして、上新粉をぶちまける。濡れてはいけない雨でもいいし、洪

水がおきてもなんでもいいから、ここからでたいと思う。なんでこんなに雨が降るのかわからない。これが雨なのかもわからない。あらゆるものが根腐れをおこすんじゃないかと思う。川の水が溢れて、花筏が道を押し流してゆく。道が桜花になっている。桃さんの家が心配になる。タケシもぐーちょきぱーも、みんないるのに。猫って泳げるんだろうか。いろんなものが流れだしている。牛舎が流れ、鳥が流れる。水鳥が溺《おぼ》れないように羽をばたつかせて浮かんでいる。すさまじい速さで家が流れている。人が流れる。流れる。それをただみている。どうして自分が流れていないのかがわからない。どうして屋上の桑畑だけつやつやしているのかわからない。この雨は、草木を潤《うるお》わす恵みの雨だと眉さんが言う。花腐《はなくた》し。そういう雨の名前もあることを知っている。いまは四月のはずなのに、どんな雨が降っているのかわからない。雨脚が強まると滴《しずく》が煙たくなる。硝煙のにおいがして、今度は鉛の雨が降る。刃の雨が降ったんだから、そういう雨だって降る。投石の雨、糞尿《ふんにょう》の雨、あらゆる戦で使われた何かが降り落ちる。発砲の音が大きすぎて、雨の音もきこえない。ミロク、ペラッツィ、ベレッタ、AK－47。弾をみれば、どんな銃器かわかるようになる。キツツキが桑の木に穴をあけているかと思ったら、九二式重機関銃が発砲される音だった。流れ弾で窓ガラスに罅《ひび》が入る。あれは、大日本帝国陸軍の銃だよ。眉さんが双眼鏡を持って言う。

え、ここで誰が撃ってるんですか？
ううん、ここじゃなくて、上からだと思う
この部屋がいちばん上階じゃないんですか？ 誰が発砲しているんですか？
誰が？ 人間でしょう

眉さんはそういって、台所に食事をつくりにいく。

ねえ、アオ君、アーティチョークって好き？ ゆでたから食べよう。アンチョビのディップにつけてどうぞ

眉さんがさしだすアーティチョークが手榴弾《しゅりゅうだん》にみえる。眉さん。呼びかけても、アンチョビのディップにアーティチョークをまるごとひたして、くちをあけるようにいう。あーんして。アオ君。おおきくくちをあけて。くちをあけずにいるとなまあたたかいアーティチョークをくちびるに押しつけられる。フォークのさきがあたって痛い。むりやり押し込まれて仕方なく食べる。そう、じょうず。じょうず。ちゃんとよくかみかみしてね。アオ君

眉さんが、ぜんぶきれいに食べてえらいね。そう言ってぼくの頭を撫《な》でて台所に消える。ノックの音がするから窓をみる。窓の外でセドリックが手を振っている。セド!! どうしたの、ひさしぶり。ぼくも手を振り返す。急いで近くに走り寄る。ねえ、セド、いまもEVENING STAR聴いてるよ。ぼくが窓をあけようとすると、セドリックは手を振りながら、さかさに落ちてゆく。

セドリックと最後に会ったのは花火大会の夜だった。セドリックはこよみに、FRIPP & ENO/EVENING STARを渡していた。Je veux te donner un vinyle que j'aime bien. なに? ぼくが聞き返すとこよみが、セドの好きなアルバムをくれるって、とLPをみせる。そ。セドが日本語で頷く。嬉しい、ありがとう。テープ・ループ、ギター、シンセサイザー、音が重ねられつづけて、光や大気や海の波紋が静かにきらめいているアルバムだった。ジャケットに描かれた、紫や橙《だいだい》や青の重なり合う空の下にぽっかり浮かんでいる島はいったいどこなんだろう。こよみと話した。ぼくたちは何度もその曲を聴いた。音楽をきいている体が湯気のように天上に浮いてゆくような気がしていた。セドとこよみと三人でいっしょに桜をみたことがあった。ソメイヨシノ。きれい。セドは、フランス語も日本語も英語も、どの言語を話すときも恥ずかしそうにしゃべった。どの言語を話してもしっくりきていないような顔をしていた。セドは母親の都合で日本に来ていた。セドはこよみのことが好きだった。こよみもセドが好きだった。好きだとは思うけれどみんながいう好きとじぶんの好きが同じなのかわからない。付き合ったら別れなきゃいけなくなるから。こよみはそうイレーネに話しながら、汗ばんだ身体《からだ》を冷やそうと台所の大理石を裸足《はだし》で歩いてサングリアを一気に飲み干した。大学はロンドンに行きたい。こよみは高校に入るころからずっと言っていた。セドリックもいっしょにロンドンの大学に行くつもりだった。セントマで、キュレーションの勉強したい。NYの大学を蹴って、ロンドンに行く。セドリックはそんなことを話していた。真夏日の午後に、セドリックは、交通事故で突然いなくなった。銀座五丁目の死傷者十名の交通事故だった。自爆テロ成功と犯行声明を出したグループがあったけれど、それは虚偽だとすぐにわかった。全く無関係に起きた、ただのアクセルとブレーキを踏み違えた事故だった。

セド！

はにかみ顔のセドリックが、バゲットをかじる真似《まね》をして、地上へと凄《すさ》まじい速度でさかさまに落ちてゆく。セドリックは、モデルのバイトをしていたときに、カメラマンにパリジャンぽくフランスパンをかじれと言われた話を花火大会の日にしていたっけ。カメラの前で存在しないパリジャンのすがたを演じて三万円もらった。セド！手を振り返したいのに、セドは落ちてゆく。霞《かすみ》がかって、下がどうなっているのかよくわからない。地面でセドが潰《つぶ》れている気がする。地面が遠すぎて、セドなのかもわからない。人が落ちてくるなんて、おかしいよ。そう思う。眉さんは、窓をみないようにしていればいいという。いっしょにごはんを食べようという。おなかなんてまったくすかない。眉さんは、なめこのぬめりってどうやってとったらいいの？　洗剤でよく泡立ててきのこを洗う。ぬめりをとって味噌汁《みそしる》にいれる。違うよ、眉さん、そのぬるぬるが栄養にいいんだよ。知らないの？　今度は、ヘッドフォンをしたイレーネがこっちにむかってピースをしながら落ちてゆく。ピンク色のマフラーをした女の子もおちる。イレーネ！　ゆりちゃん！　ゆりちゃん！　叫ぶ。ひとがどんどん落ちてくる。落ちてくるひとの名前を叫ぶ。名前も知らないのに。名前を叫ぶ。叫ぶことしかできない。叫びすぎてよくわからなくなって、のどがからからになって、なめこの味噌汁をのんだ。なんかもうどうでもよくなってきた。どうでもよくないのにどうでもいいかんじがしていた。雨が降ってきたと思ったのに人が降ってる。笑ったり、手を振ったり、泣いたり、いろんなひとがいる。空に虹《にじ》がかかる。虹かと思ってみあげると、それが五色の糸になって窓のそばに垂れかかる。ゆらゆら、太い総《ふさ》が美しく揺れている。青、黄、赤、白、黒。五色の糸。しょうおうしゃくびゃくこく。眉さんが虹を指していう。アオ君のために垂れたのかな。眉さんはシルク繊維をピンセットで切って人工睫毛《まつげ》をつくる。Jカール、Cカール、Dカール、理想の目の表情にあわせて、カールの種類をかえる。アオ君その糸つかむの？　いまならすくってもらえるかもね。眉さんの言っていることばの意味がわからない。知らないの？　五色の糸。阿《あ》弥陀《みだ》さんのお手にその糸はつながっているんだよ。往生する人はその糸をにぎって、結縁《けちえん》して、極楽にひっぱってってもらう。アオ君は握る？　眉さんが立ち上がると、細かくえりわけられていたシルク繊維の入っていたプラスチックケースがひっくりかえる。床に黒い繊維が散らばる。黒くて、細い糸。大量の人工睫毛。眉さん、まつげがへばりついていて、片付けようとしても、床いっぱいにシルクがひろがって、ちりぢりになって、ばりついていて、うまくとれない。手をほうきのようにして集めようとするけれど、睫毛は蝟集《いしゅう》したかと思うとちりぢりになったりする。風が吹いているからかもしれない。眉さん、空調を切った方が拾いやすいかも。眉さん。呼びかけても眉さんは何もしない。眉さん、これを拾ったら帰りますから。黒い糸がひじきにみえる。

アオ君。いかないで

眉さんが抱きついてくる。

隣の部屋いかない？　アオ君。交尾しよう

眉さんがからみついてきて、蚕が桑を食べている部屋を指す。蚕ってね、人間が宝物のようにかわいがって、繁殖させつづけたから、じぶんたちで繁殖ができなくなっちゃった。人間に交尾を手伝ってもらわないといけないし、繭からじぶんででることもできないんだよ。ぜんぶ糸になるために生きているから。アオ君、私、交尾したいから、手伝って

わたしたち、繁殖しよう、いっぱい

やめてください。そう言っても、ちりぢりになっていたシルク繊維が、足に絡みつ

いてくる。帰ります。濡れてもいいから帰ります。失礼します。玄関の靴箱に鍵《かぎ》がかかっているから靴をはかずに玄関を出る。眉さんが泣いている。泣くそばから、睫毛がぬける。睫毛が這《は》いずり回ってぼくの足にからみついてくる。雨宿りさせてあげたのに。ごはんだってつくったのに。ごめんなさい。ありがとうございます。とりあえず御礼のことばを叫んで、ドアをしめる。急いで、階段をおりる。エレベーターが動かないから階段をおりる。雨が淡雪にかわっていた。あたりが白かった。眉さんが、寒い、寒い、とおらぶ。寒くて動けない。アオ君、アオ君。眉さんの声がきこえる。眉さんがくちをあけている。くちのなかは真っ黒だった。声が黒い糸になって絡みつく。はやくおりないと。もつれながら階段をおりはじめる。淡雪が降り落ちる。雪が非常階段にも積もっている。眉さんの体が縮こまって黒い糸になってゆく。とにかくおりる。おりつづければかならず地上に戻る。目の前が白くてみえないから、雪を振り払いながら階段をおりる。雪片だと思うと手のひらでそれが桜になっている。雪か桜かわからない。あたりが真っ白くなる。とにかく階段をおりる。はやく桃さんの家に帰ろうと思う。必死に螺旋《らせん》階段をおりる。非常階段のてすりをつかみそこねて階段を踏み外す。滑りそうになる。雲か花か霞か、白くて何もわからない。ぐるぐる非常階段を転がり落ちつづけてめまいがする。回りすぎて体の器官がぜんぶほどけて、垂れて、自分の繊維もまたちりぢりになって落ちてゆきそうだと思う。めまいがして、目の前が真っ白になる。

階段から転がり落ちて真っ白になったかと思うと、目の前の桜の花が散るのをみているだけだった。桃さんの家の桜だった。桜が散って縁側に寝そべっていたぼくの体のうえに積もっていた。体が冷えて、熱があがっているのがわかった。くしゃみが何度もでる。菌をまき散らしちゃだめでしょ。祖父に言われた言葉を思いだして思わず腕で口をおさえる。ティッシュを探そうと思ってあたりをみると、タケシが総毛を立てて桜の方をにらんでいる。振り返ると、十人以上の男達が桜をひきぬこうとしている。何してるんですか。え、これを勝持寺に運ぶんです。十抱えある桜を用意しないといけないんで。佐々木さんに言われているんです。佐々木さんて誰です？　ちょっと、やめてください。この家のひとの許可とってるんですか？　タケシが威嚇《いかく》して造園業らしき男の足に爪をたてると蹴り飛ばされる。ちょっと、やめてください。猫に何するんですか。ニッカボッカの男達はため息をついて、ごめんね、と言ってぼくを思い切り殴る。これでようやく花見の宴ができるという。

本堂ノ庭ニ十囲ノ花木四本アリ、此《コ》ノ下ニ一丈余リノ鍮石《チユウジヤク》ノ花瓶ヲ鋳懸《イカ》ケテ、一双ノ華ニ作リナシ、其《ソ》ノ交《アワイ》ニ両囲ノ香炉ヲ両ノ机ニ並ベテ、一斤ノ名香ヲ一度ニ焚《タ》キ上ゲタレバ、香風四方ニ散ジテ、人皆浮香《フコウ》世界ノ中ニ在ルガ如《ゴト》シ

桜の前に真鍮の花瓶が置かれてある。燃えているにおいがする。この家のどこかでなにかが燃えているのだと思うけれど、ひとびとのにぎやかな声がきこえる。目の前に桜が四本あって、その前で白粉《おしろい》のにおいのするひとたちが飲み食いしていて、どれが桃さんの家の桜なのかわからない。よかったら一杯いかがですか。胸を出した女の人がしなだれかかる。眉さんじゃないかと思っておもわずのけぞる。タケシの腹にばちをあてて三味線を弾こうとする。やめて。タケシの腹が破れちゃう。三味線の弾き方がわからないのか男が二、三度タケシの腹をこすって投げ捨てる。みなひどく酔っている。桜花の二、三枚落ちるのを愛《め》でるために、一斤の名香を焚かねばならない。いつでも死ねるから焚くのだと言って男が香木を焚きはじめる。煙があがりすぎてあたりが真っ白になる。香りなのか煙なのかわからない。空が燃えたような色になっている。すみません、ここはどこですか、大原野だと誰かが言う。香積如来《こうしゃくにょらい》の浄土だと誰かが言う。五色の糸を握っていないのに、どうしてこんなところにいるのかわから

ない。タケシを腕のなかに抱えて、桃さんの桜はどこかと歩き回っていた。

アオ

誰の声かと思う。起きると、布団《ふとん》のなかにいる。目の前に桃さんがいた。体中痛くて、起き上がれない。アオさん。アオ。桃さんの声がきこえる。桃さんが氷嚢《ひょうのう》を持っている。桜泥棒がきたんだって？　ありがとう。桃さんがぼくの汗をぬぐう。猫の世話、タケシのことほんとうにご苦労様。玄関で倒れてたんだよ。すごい熱で。初子さんが、そう言う。たんこぶが大きいから起き上がらないように。ああ、靴紐《くつひも》を結ぼうとしてころんで倒れたんだっけ。そうだったとは思えない。アオさん、お茶を飲もうね

これ、うちの茶畑で摘んだ玉露のほうじ茶。舐《な》めるだけでいいからね。飲み過ぎるとかえってよくないから

あかね色をした液体はスープのような味がする。はい。それを舐めて、もう一度床

につく。障子から陽が入る。すこしだけ障子をあけると、桃さんの家なのに、外に茶畑がひろがっている。初子さんが手ぬぐいをかむり茶を摘みに行くといった。猫が茶畑にいる。え、まだはやくないですか。八十八夜

八十八夜なの、今日

明日もね。毎日が茶摘み。茶の木から日をあびたやわらかい葉を摘んでアオにみせる。このままお湯をそそいでも、お茶の味がするんだよ。晴れ渡った茶畑のあちこちから声がきこえる。ひとかひとじゃないのか、はっきりとわからない。なにかぞろぞろ気配がしている。瞼《まぶた》が重くてみえなくなる。ヴェールをかけたような霧に包まれた新芽は甘い。そのまま静かにしばらく眠っていた。甘い香りがしている。さんさんと若葉が光を浴びて銀色に光っている。眠たい。布団に体のぜんぶが埋もれてゆくようだった。初子さんが、治るよ、アオ。初子さんが歌いながら茶を摘んでいる。自分はこのお茶を飲んで不死になったのではないかと思う。不死になるということは、死なない体をもってことは、もうすでに死んでいるんじゃないのか。

起きると朝になっていた。熱はすっかり下がっていて、たんこぶもなくなっていた。桜は散り葉桜にかわっていた。緑が朝日をうけている。台所にタケシがいる。猫が水をかえろという。いつものようにロイヤルカナンの袋をあけると、猫がそろって近寄ってくる。いつものように。たった三日前に来たばかりなのに、と自分のことばをおかしく思う。

おはよう

桃さんが、トーストにジャムを塗って食べていた。おはようございます。具合よさそうだね。はい。熱もさがったみたいです。あれ、初子さんは？　あの子は店番

帰る前に、お茶飲む？

桃さんがお茶を淹れる。底がぬけすぎないうちにね、あまり長居すると帰れなくなるから。お茶はじぶんの命を全うできるように飲むもので、べつに死なないお茶なわけじゃないから。栄西さんがそう書いてる。日本にお茶を広めた人ね。桃さんが、輪

入茶葉も同じチャノキのことだし、アオさんもお茶をあつかう仕事するかもしれないから、これ餞別《せんべつ》に、と虫くいのある「喫茶養生記」を渡す。江戸時代の版本だよ。ありがとうございます。そう言ってうけとっても、全然書いてあることばがわからない。ぺらぺらめくっていたら手がかゆくなる。桃さんが現代っ子だねと言う。ふたりでしばらく葉桜をみていた。すっかり青々とした桜をみて、湯飲みをすする。帰りしな、靴紐が切れていることに気づいた。桃さんが、靴紐に黒い針がたくさん刺さってたから初子が切っておいた、と言った。

おかえり、アオ

ただいま

うみさんが玄関先で迎えてくれる。ずいぶん会っていない気がしたけれど、たった三泊しかしていない。

ママ、仕事は?

夕暮れ時なのに、うみさんが家にいる。

アオの顔をみてからまた出ようと思って。こよみ、夏休みは日本に戻ってくるって

そう言って、うみさんがぼくを抱きしめる。なんだかアオにひさしぶりに会う気がする。うみさんがぼくの頬をなでるのが恥ずかしくて手でそれをはらいのけた。

夏は穏やかに到来した。

こよみがスーツケースをごろごろひいて帰ってくる。蒸し暑すぎない？　おなかすいた。あしいたい。渡英する前より幼いしぐさでくつ下を足で脱ぎすて、スーツケースから、おみやげのJO MALONEのボディシャンプーやクリームを並べながら、こよみはずっとしゃべっている。ときどき桃さんと初子さんのことを思い出すのに、御礼の手紙さえ書けずに時間が経っていた。

セドのお墓参りにも行ったよ

こよみは、パリ郊外のヌイイにある、セドリックの墓の写真をみせる。大学から借りた一眼レフで撮ったのだといった。ぜんぶがボケていて、空が高いことしかわからない。

お花がいいかよくわからなかったけど、薔薇《ばら》にした。EVENING STAR 流して、シャンパンもお墓にかけておいた。そうなんだ

ぼくがアミに一度会ってみたいと言ったのは、家族三人で夕飯を食べているときだった。ことさら蒸し暑い夜だった。こよみはあぐらをかいて八宝菜を食べる。すごいアオちゃん、たまごが破裂してない！　こよみがくちのなかで鶉《うずら》のたまごをつぶしながら言った。八宝菜とそうめんていう組み合わせもいいね。そうこよみが言った。ママ、アミさんの連絡先わかるの？　くちのなかでたまごを嚙みながらぼくはたずねる。もちろん。ママがそう言って、そうめんをすする。会う？　うん。会ってみたい。アミとぼくが生きているうちに。ほんとそうかもね。うみさんは、箸《はし》を置いて、すぐに

スケジュールをみる。アオの気がかわらないうちに予定を決めよう。こよみは、ぼくたちの話を聞いているのに、アオちゃんのつくるごはんがいちばんおいしいかも、と言ってそうめんをすする。梅干し味なのいいね。うん、めんつゆに梅干しを叩《たた》いてまぜた。大葉とみょうがは冷水にさらした。すごーい。こよみがしょうがのすりおろしを大量にいれる。アミとの食事どこでしようか。うみさんがたずねると、鮨《すし》以外の和食か中華、とこよみが即答する。

うみ、ひさしぶり

六本木のホテルはいつも混んでいる。私が子どもの頃からここはいつもぎらついている場所だと思いながら、ホテルのエレベーターに乗る。アミとは、ホテルの中華料理屋で会う約束をした。おいしすぎないからちょうどいい。披露宴にむかうひとたちとすれ違いながら、ほのぐらい照明をくぐって、レストランの受付で、予約している名前を言う。待ち合わせよりすこしはやく着いてしまったと思ってテーブルにむかうと、円卓にひとり腰掛けていたアミがこわばった表情で振り返って、浅く息を吐いた。

うみもはやかったね

秋のはじまりだった。アミは黒い五分丈のタートルネックを着ていた。わたしたちは頬を寄せ合う。アミの声はいつも静かだった。年を重ねてさらに静かな声になった気がする。そう言うと、声帯ポリープのせいじゃなくて？　とアミが笑う。

はやく着いちゃった
アミ、緊張してる？
当たり前でしょ
どう座ろうか
私はアミを向いて座った。ふたりは？　アミがたずねる。
ふたりで待ち合わせしてからくるみたい
そっか
どうしようか、コースで食べる？
アミは、さっきからメニューをみているけれど、料理の名前がどれもただの文字の羅列にしかみえなくなっている。蟹肉《かににく》と豆腐の煮込みなら食べられるかも。そう言って、アミはかけていた眼鏡をはずして目頭をおさえる。アミは老眼になるのがはやかった。もとから極度の近視だと遠視になるのもはやいらしいと言って、遠視用をかけはじめたのは四十歳のころだったか。年をとることがすこし嬉《うれ》しいのかも。眼鏡をかけて言ったのを覚えている。わたしたちのあいだにそれだけの時間が経ったのだと思う。

こよみはいつも遅刻をするから少し遅いかもしれない、とアミに言った。こよみは明日ロンドンに戻るのにパッキングさえしていない。

こよみちゃん、なんて呼んだらなれなれしくて気持ち悪がられるかな

アミが目の前からいなくなって、つぎに会ったのは臨月だった。アオを産む直前だった。おなかが張って痛いから、家の近くに来てもらって会った。突き出た腹部をみるなりアミは号泣した。電話口でアミは勝手に家をでていったことを何度もわびていたから、泣く声はもうききなれていた。好きだからいっしょに暮らせない。アミが言

った。すごい台詞《せりふ》だと思った。私は、好きではない相手だからいっしょに暮らせると思ったのに、と言った。私は、クリームソーダをついて飲んでいた。人工甘味料の味がきつかった。アミと会ったのは、アオが0歳保育に入ったころだった。こよみといっしょに暮らして、彼女からママと呼ばれるようにそのころはなっていた。アミは仕事を辞めて、パリとグラースに行くと言った。だめもとで調香の勉強をしたい。ハイブランドの調香師を目指す。それはほんとうに応援したい。心からそう思って伝えた。勝手でごめん。アミがうなだれる。勝手なのは私も同じだと思った。アミは、うみのいいタイミングでいいから、遅れて来るのでかまわないから、四人でフランスに行かないか、と言った。好きだからいっしょに暮らせないんじゃないの？　もう、好きじゃなくなった？　アミにたずねるけれどそれには黙ったままだった。私は断った。そうだよね。だめってわかってるけど、誘っちゃった。アミは力なく笑う。それでも離婚はしなかった。アミは帰り際《ぎわ》に、うみのことがほんとうに好きだ。好きだよ。わたしたちが交配をするときもアミはベッドのなかで何度もそう言っていた。私はやっぱりそのことばをアミに返すことができない。できないまま時間が経った。アミが出て行って、まるで怒る気持ちがわかないことがいちばん問題だと思う。離婚したほうがいいんじゃないかな。アミだって、フランスでいい出会いがあるかもしれない。そう私が言うと、アミは、ぼくは離婚したくないけどうみはしたい？ そう聞き返してくる。私は離婚をしたいと思っていないことをアミは知っている。アミと結婚さえしていれば、誰とも恋愛をしなくてすむ。そう思っていることを見透かされている。アミは、このままでいよう、と言って、席を立った。それから六年会わなかった。

アミは何度もこよみとアオをみている。一方的に。映像でも、写真でも。面と向かって子供達と会えることはないと思っていた。そうアミが言う。子供、って言っていいのかわからないけれど。アミはくちごもる。アミが子供だと思うなら子供でしょう。ふたりがどう思っているのかはしらないけど。はじめて子供に会う心境なんてどういうものなのかわからない。ぼくは、子供を捨てた親だから。アミは心にも思ってないことばで自虐《じぎゃく》する。捨てたって思ってないでしょう、ほんとうは。アミはだまる。

私はふたたびメニューに目を落とした。ふたりで二十四時間営業の中華屋でピータン粥《がゆ》とチンタオビールを飲んだこともあった。アミの方から思い出していた。家の庭にいたアオダイショウを放したあとに食べた。そうだった。アミも私も、よそよそしいまま食べた。いまもかわらずよそよそしい。

アオダイショウは毎年庭にでるよ。代替わりしてるかもしれないけど

懐《なつ》かしい記憶だった。アミが、ああ蛇。そうつぶやいて、水をくちにふくむ。店内が賑《にぎ》わいはじめていて、歓談するひとたちの笑い声が窓に反射している。

六本木はいつも賑やかだね

ずっとかわらず賑やかだ。ここが麻布が原だったなんて。ひとっこひとりいない、さびしい野辺だったなんて。どのくらいのひとが知っているんだろう。六本木のリッツ・カールトンで結婚式にでたこともあった。そのあと私たちは秋の野原を歩いた。

あいつら、一年も経たずに離婚したんだよね

そうだったね

慰謝料はいらないけれど、そのかわり卵子凍結に必要な代金を全額払ってほしい。

夫婦の最後の会話。又聞きの又聞きだった。その卵子が二十年経ったいまどうなったのかはしらない。

でも、たしか二人とも再婚したよね

結婚式にもでたのに、新婦の名前を思い出せない。えーっと……ほら。イルカに生まれ変わりたいって言っていた女の子だった。結婚するのは簡単だけれど離婚は難しい。協議書を書いてから結婚しておけば良かった。子供なんて何人でも産めるけど、まったくかわいくない。育てなくていいならいくらでも産むよ。そう言っていたのはマイコだった。マイコはパリス・ヒルトンに生まれ変わりたいと言っていて、いまだにそう言っている。むかしのパリスね。DJとかするまえの、ニコール・リッチーと仲良かった頃の

私はいまも結婚指輪をしている。アミがいとしいからではなく、この指輪さえはめていれば恋愛を生涯しなくていいというゆるしになる気がして、ずっとつけている。アミにいま恋人がいるのかはしらない。そういう話をしないから。居てもらわないと困るとも思う。離婚してほしい、とアミが言ったらどうだろうか。アミが言わないの

を知っていて、ときどきそのことを考えたりする。相合い傘をしたばっかりに私たちはいっしょになった。秋風に吹き寄せられた木の葉みたいに、偶然重なり合った。それだけだった。うみちゃんて薄情だね。そう言っていたのはゆりちゃんだっけ

アミがそわそわとメニューをめくったり閉じたりしている。ふたりともやっぱり会いたくなくなって帰ったりして。冗談ぽく言おうかと思ったけれどやめた。

しばらくして、こよみの声が入り口できこえる。アミがすぐに立ち上がる。アオとこよみが小さな会釈《えしゃく》をして近づいてくる。こんばんは。くちにするそばからアミの目に涙がたまる。

はじめまして、アオです

こよみです。ママ、アオちゃんが遅れたからホテルのロビーでずっと待ってた

自分が遅刻したわけではないことを私に向かって言う。

待たせて、ごめん

アオが私に頭を下げる。アミにも、小さい声で、すみません、とくちごもりながら言った。こよみは日本のヴィンテージショップでみつけたマルタン・マルジェラがデザインをしていた時期のエルメスのジャケットをバイト代ためて買ったのだと話しはじめた。きれいでしょう。一九九〇年代だって

こよみ、うみ、とりあえず座ろうか

四人で座る。窓際に私とこよみ、向かい合ってアミとアオがいる。アミが、こよみさんはお酒飲めますか？　ときいて、ドリンクメニューをさしだす。アオがお茶を頼む。再会にしては、遅すぎるし、いっそ早すぎる気もしていた。よそよそしいから会える、ということだった。感動の対面ということばは遠かった。シャンパンで乾杯をしたものの、どういう乾杯かはわからない。アオは、高校三年生。学校には行ってないけどね。私の会社の手伝いをしてもらってるの。アオが頷《うなず》いた。

アミさん、私明日ロンドンに戻るんです

日本にいるあいだ、たくさんのヴィンテージショップを巡って楽しかったけれど、もうロンドンが恋しい。留学して、はじめて自分が居て心地好い場所がロンドンだと気づいたのだとこよみは言った。もしかしたら大学院が終わってもロンドンにいたいかもしれない。でも、ごはんは日本で食べるのがいちばんすき。そう言って、こよみは点心を注文した。ロンドンでは、キュレーションの勉強をしている。

こよみさんはドライジンは好き？　アミがたずねる。お酒大好き。ロンドンにいくつかある小さな蒸留所のジンがのめる店名をアミはこよみに話す。まだあるのかな。ぼくがたずねたのは、もう十年くらい前だから。ペンハリガンのジュニパースリングっていうロンドンドライジンの香りの香水が昔から好きで、調香師がロンドン中のジンを飲み歩いてつくったエピソードを追いかけて、アミもロンドンでジンめぐりをした。よかったら、友達と行ってみてください。点心がひたすら食べたいというこよみのために、いろいろな種類を頼む。湯気がぐるぐるまわる。私たちには話したいことがあるわけではないから、話すことばが湯気のようになる。おいしい。おいしい。そうして、ただのさえずりになってゆく。話したいことなどはじめからない。私たちがいっしょに暮らしていたときもそうだった。アオが会いたいと思った。アミも子供ふたりに会いたいと思っていた。それだけだった。湯気でいっぱいの野菜蒸し餃子《ぎょうざ》を食べる。

あつい あつい

あっ

ほとんど何も意味しない。熱すぎないかと笑む。こよみは辛子をのせて食べる。辛子が湯気にまじって鼻腔《びくう》に突き刺さってむせている。アオがあきれた顔で食べる。アミといっしょに暮らしはじめて、初めて食べたのはお好み焼きだった。夏のはじまりだった。あのときも湯気のあるものを食べていた。しゅーしゅーと勢いよくキャベツの水分が鉄板からあがっていた。ふたりであの日はべつべつに眠った。アミは床にダンボールを重ねて眠った。互いの寝具をどうして捨てちゃったんだろうと笑った。Sketch For Summer を聴いて、Vini Reilly の話をしていたっけ。マンチェスターにも蟬《せみ》はいるのか。いまだにしらない。湯気のなかで、アミが泣いているようにみえる。湯気があたりを包んでいるから表情がわからない。点心がつぎからつぎにせいろをうずたかくしてやってくる。大根もちも頼もうか。こよみと私が話していたら、アミが、こうして会ってくれてありがとうと言った。アミが、こよみとアオと、私の顔をみる。点心と点心の湯気のあいまに言うのが適切なタイミングなのかはわからなかった。

アミさん子供のころクリスマスプレゼントくれましたよね。アオは、グラースから毎冬届いたサンタクロースの小包のことを話す。ぼくもこよみも、サンタクロースはどうもユーカリの香りのするグラースにいるらしい、そう思っていました。大根もちに黒酢をたらしてこよみがうなずく。アミは調香師の学校を出ても香水をつくる職を得ることはなかった。アミは日本に帰ってきて、Nezにはなれなかったと私に言った。フランス語で優れた調香師を鼻《Nez》というのだと言った。でも、香水ではないけれど、ホテルや会社の店頭の香りを調香する仕事をはじめた。私は、じぶんの経営するお店の香りをいっしょにつくろうと誘った。日本に戻ってきてからも、アミは、グラースから小包を日本に送っていた。なかみは世界中で売っている流行《はや》り物のおもちゃだけれど、グラースでとれた花のポプリやユーカリの葉を添えて送ってもらった。野生オレンジの花、ミモザ、あらゆるドライフラワーを送った。グラースにいて楽しかったのは、マリー・アントワネットのために作られた旅行用の化粧箱やアンティークの香水のビンが展示されていた博物館。自転車で花畑まで行くと、木陰に、ハイイロガンの群れがいた。朱色のくちばしで羽をつくろうのをそばでみていた。ハイイロガンが散歩中の犬に威嚇をする。夏の終わりに飛ぶゴジュウカラ。ジャスミンの畝《うね》のそばにいると香りが強くて空腹で歩くと吐き気がした。巨大なオリーブの木を触ったり、それだけで、幸せだった。ときどき電車に乗って、カンヌまででかけたとき、会ったこともない、アオとこよみのことをよく考えていた。ふたりに送るとき、包み紙に自分が調香した香水を噴きかけて送っていた。ピータンをお粥といっしょにくずしながら、アミが話した。デザートを食べ終え、四人で店を出た。アミが、アオとこよみに今日はありがとう、ロンドン気をつけてねと言う。

エレベーターのなかで、昔アミと二人で歩いた道のことを思い出す。ガゼンボ谷を散歩した。立ち退《の》いた家がネットにくるまれていて、町の一角がすべて廃墟《はいきょ》になっていた。立ち入り禁止の看板で溢《あふ》れていた。谷底みたいな場所だった。時間が滞留していて、六本木のそばにこんな場所があったのって、驚いた。

ねえ、こよみ。アオ。六本木は昔、麻布が原って言ったの知ってる？
知らない

ママ、その場所ってまだあるの？

こよみがきく。わからない。昔、六本木は、薄《すすき》が生い茂るさびしい野原だった。その名残がガゼンボ谷にはあった。ミッドタウンの前で、二代将軍秀忠の妻の江姫が火葬された。江姫の遺体を燃やすために、香木が焚かれて、その煙が帯のようにあたり一帯を漂っていた。私たちはその香りを追いかけてガゼンボ谷まで降りていった。アミとふたりで、どこまでも降りていった。いまでも私たちのどこかは、あの薄野原のなかにとどまっているような気がしていた。

四百年前、このホテルの上空にも香りの雲がたなびいていたんだよ

ねえ、ガゼンボ行ってみようよ

こよみが言った。いまもあるかな。アミが、ぼくは道をまだ覚えてるよ、と言った。

でも、開発されて、いまは商業施設が建ってたんじゃなかったっけ？　ヒルズとか

タウンとかそういう名前の。ほら……

六本木からはずいぶんあるんじゃなかった？　だって、飯倉片町のあたりでしょう。私が言うのもきかずアオは歩き始める。行ってみようよ。こよみも、ノリいいねと言って、歩きだす。私たちはMのマークのみえる丈高いビルの下を通り過ぎてゆく。つるとんたん、ドン・キホーテ、いろんなお店を歩きすぎる。

香木ってどんな香りなんだろ
線香の香りしかしらない
420《フォー・トゥエンティー》　みたいなかんじ？

こよみが言う。なにそれ？　とアオがきく。大麻。なんでそんな言い方知ってるの。こよみほどほどにしなさいよ。もうすぐだと思うけれど。薄、萩《はぎ》、桔梗《ききょう》、なでしこ。そういう秋草がたくさん茂っていた。辺り一帯なにもないのに、たしかおおきな鯉《こい》が泳いでいる熱帯魚屋がぽつんと、営業していた。道行みたいだねって言いながらわたしたちは歩いた。そういうことがあった。あれはアオがうまれるずっと前だった。こよみはわたしではない家族といたころだった。いまはわたしが母になっている。お母さんはひとりじゃない。こよみが母と思ったら誰でも母になる。私がこよみを娘だと思ったから娘になってくれた。

薄、萩、桔梗、なでしこ。秋草の名前をくちにしながら、私たちは歩く。こよみ、足平気？　アオが靴紐を結び直しながらたずねる。平気。この坂道長いね。どこまでつづくの？　こよみとアオの声が後ろからする。電線の上をまた猫が歩いている。あ、いわい？　ねえ、ママ、あれ、いわいじゃない？　こよみが指をさす。アオがどれ？猫？　あれハクビシンじゃないの？　こよみが名前をつけたはちわれの猫だった。黄金の目をしている猫だった。

アミは懐かしそうにあたりをみる。ねえうみ、薄野原にでたよ。空き地が薄野原になっている。Mのマークのビルが遠くにみえる。ねえ、うみ。ほら鶉がいるよ。アミが言う。あのときもいたね。そうだったね。アミが薄の穂に触れて言う。薄の穂。こんなにやわらかかったかしら。そう思う。薄の穂に触れて私たちは歩いた。あのときも薄の穂に触れた。私たちはなりゆきでいっしょになった。なりゆきで相合い傘をした。なりゆきで妊娠した。なりゆきでこよみに会って、アオを産んだ。なりゆきだった、ぜんぶ。たいせつになったなりゆきだった。アミと私の距離は、あのときから二十年経《た》ってもかわらない。こよみが、鶉って八宝菜に入ってるやつだよね？　とアオに聞いている。薄野原。一面が黄金の野原だった。白い穂が揺れて光る。すごい広い。すごい。めちゃくちゃ広い。思わずアオは走る。それをこよみが追いかける。こよみの背丈がどんどん小さくなって出会った頃と同じ五歳になっている。星がきれーい！　みて!!　私はこよみに言われて星を見上げたり、薄のなかにまぎれた鶉を探したりせわしない。鶉？　やっぱり私には鶉がいるようにはみえない。あのときもそうだった。背の高い薄野原のなかでみなちりぢりどこかに消えてゆきそうだった。ねえ、ママ、星。こよみの細い手が薄のあいだからみえる。指が天をむいている。こよみがよく歌っていた歌を思い出す。あれって何座だっけ。こよみがアオにたずねる。答えが知りたいんじゃなくていっしょにみあげたいからこよみはきく。アオもいっしょに上をみている。ねえ、雲が動いてるよ。魚みたい。おおきな鯉みたい。白い鯉。大きく呼吸をして泡をたくさん噴いている。さっき飲んだシャンパンみたい。空にたくさんの泡がはじける。雲が空に流れてゆく。あれ、雲じゃないね。甘い香りがあたりにただよう。空が燃えたように赤くみえる。香煙だった。佐々木道誉が大原野で焚いた一斤の香木かもしれない。ここ、大原野みたい。そう言って、アオがこよみの腕をつかむ。あれは、人が燃える煙だよ。私はそう言った。三人にきこえているのかわからない。

江姫の火葬の煙。肉体が燃えている煙。ゆりちゃんの煙でもあるのかもしれない。誰かが棺の中に写真立てごと入れてしまって、ゆりちゃんの骨にガラスがくっついちゃっていた。それをゆりちゃんのお母さんがそのまま骨壺《こつつぼ》におさめていた。長崎でも、溶け合った骨をみたっけ。誰かがくべられた香りの煙が空に流れている。甘い香りがする。思い出されるゆりちゃんはいつも私より若い。ドライジンの香りがするとアミが言う。薄野原のなかで、かつての私たちも散歩している。でも、香りがどこの方角からくるのかわからない。たなびく雲。甘いカラメルのような香りが帯のように揺れている。みんなで秋草のなかにいる。こよみとアオはふたりで金色のなかを走っている。ねえ、うみ、虫の音がきこえるよ。虫の音？　そうだよ虫の音。蟋蟀《こおろぎ》と鈴虫の音のききわけさえ私はできない。松虫の音に魅せられて草むらのなかを分け入ったまま帰らなくなったひとがいた。知らないけど知っている記憶だった。草を分け入るとそのひとは骸《むくろ》になっている。アミが虫の音にひかれて金色のなかに消えてゆく。薄にすっぽり覆《おお》われてゆく。あのとき、アミが目の前からいなくなる気がした。そう思ったからアミはいなくなった。私が信じてそうなった。あまりことばのかけたさにあれみさいなう空行く雲のはやさよ。古い歌を思い出す。いとしいひとを呼ぶ歌だった。アミがいとしいひとかはわからない。いとしい、ということばがわからずここまできた。

あのとき声をかけなかったからアミはいなくなった。アミがどんどん薄の奥に入ってゆく。分け入ったすえに帰れなくなったらどうするの。ねえ、うみ、鶉がいっぱい。アミの声が消える。金色のなかに埋もれてアミがまたみえない。

ねえ、アミ、そんなに遠くに行かないで。私の声が聞こえるのか聞こえないのか。

アミが薄のなかで私を呼ぶ。

本作は、下記の方々、作品への応答です。心からの敬意を表して。

ダムタイプ『メモランダム　古橋悌二』
武満徹『時間の園丁』「秋庭歌一具」
志賀理江子『螺旋海岸』『Blind Date』
俵屋宗達「蓮池水禽図」
酒井抱一「秋草鶉図」
「山越阿弥陀図」（京都国立博物館蔵）
波津彬子『雨柳堂夢咄』
稲川方人『アミとわたし』
高橋悠治『カフカ／夜の時間』
藤田貴大　作・演出「マームと誰かさん・ふたりめ　飴屋法水さん（演出家）とジプシー」（2012年上演）
山下澄人　原作・飴屋法水　演出「コルバトントリ、」（2015年上演）
岡崎和郎「黒い雨によせて／ HISASHI」

磯田道史
瀬津勲
黒河内真衣子
古美術栗八
櫻井焙茶研究所
重窓　千宗屋

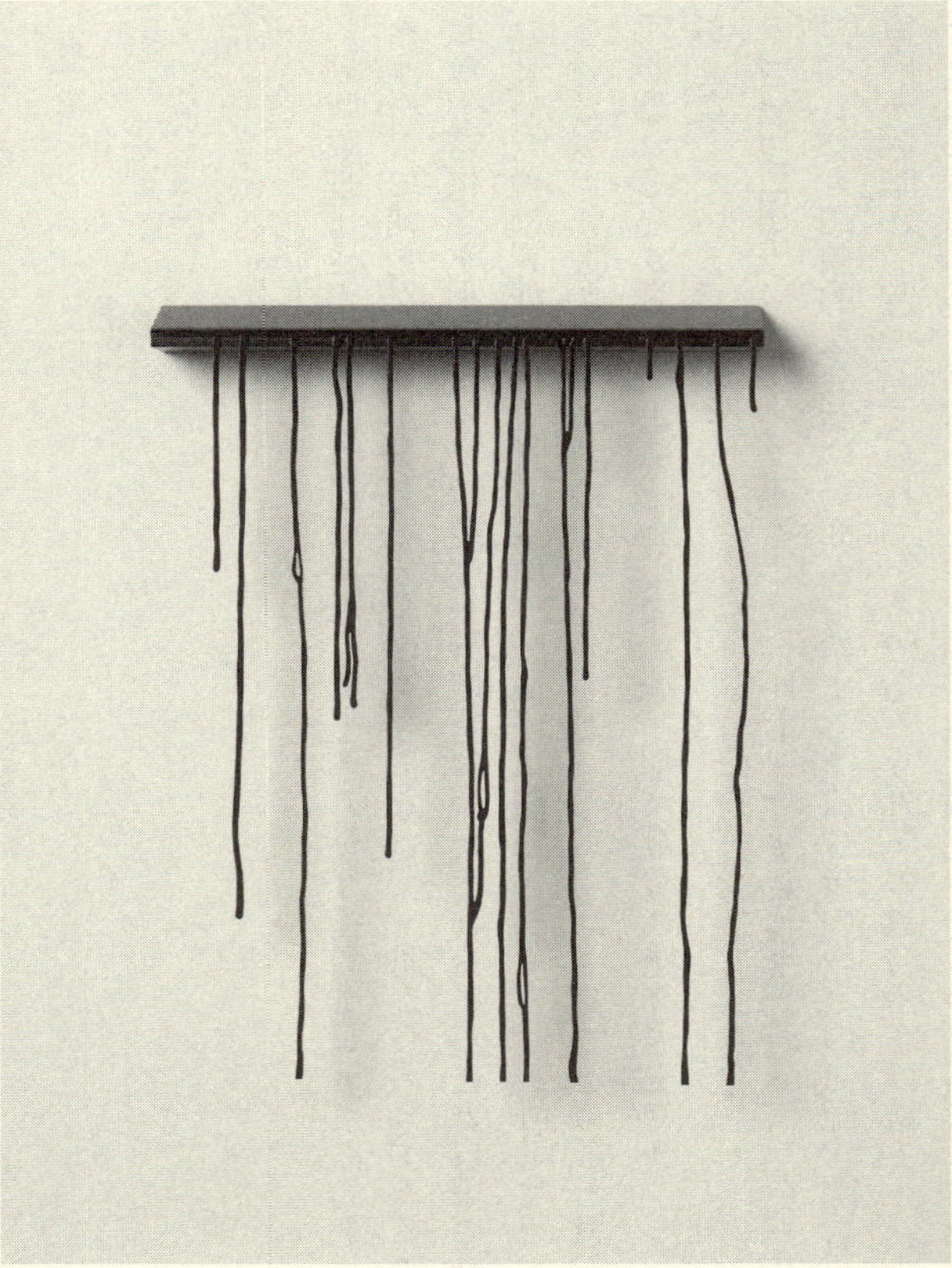

岡崎和郎《黒い雨によせて／HISASHI》
（1996年、個人蔵）

Photo by Tadasu Yamamoto
神奈川県立近代美術館提供

解説

江國香織

朝吹真理子さんの小説は肌で読む。もちろん活字を目で追って読むわけだけれども、そうやって捕えた言葉が見えない霧のようになって、肌から入ってくるのをいつも感じる。霧化した小説を浴び、温度や湿度を伴ったそれをまるごと自分の身体にとりこむというのは官能的な、スリリングで愉悦に満ちたことだ。どうしてなのかはわからない。が、朝吹さんの小説にはそういう力(もしくは性質)があると思う。触れたら手が切れるとか透きとおるとかしそうな、肌で感受できるくらいセンシュアルな文章が連なっている。

TIMELESSというタイトルのこの小説は二部構成で、「1」は高校生の少女たちの、とても印象的な会話の場面から始まる。放課後の教室の気配、聞こえてくる音や室内の仄暗《ほのぐら》さ、窓で隔てられているであろう外気の具合や空模様――。少女たちにはそれぞれ意思があり感情があり、無論名前も個性もあるのだが、ここでの彼女たちはみんな等しく少女という生きものである。そういうふうに描かれる。少女たちだけではない。うみ（はその場面の少女たちの一人だけれど）とアミとアオという主要登場人物たちも、数奇な運命をたどる近所のマンションの管理人さん父娘《おやこ》も、しょうがない人としてかなり辛辣《しんらつ》に描写されるうみの父親も、ここでは豊かな個であると同時に生きものであり、すべての生きものはつねに進化（もしくは退化）の流れのなかにいる。そういうふうに世界を見る著者の眼球の曇りのなさと硬質さが、小説をひろびろとさせ、比類なく繊細なものにしている。

現実世界がそうであるように、この小説世界にも街があり建物があり、人がいて家族がいる。季節が巡り、人は繁殖したりしなかったりし、いずれにしてもやがて死ぬ。そして、現実世界がそうであるように、この小説世界でも過去はつねにそこここに（しかも現在よりはるかに大きな質量で）ある。個人にとっての過去も、歴史と呼ばれるそれも、種としての細胞レヴェルの記憶も、土地に刻まれたそれも。この作家の特異な凄味《すごみ》は、それをはしから可視化してしまうところだ。たとえば死んだゆりちゃんの「水分、たんぱく、脂肪、ミネラル。ゆりちゃんを構成していた六十兆個の細胞」は、「八〇〇度の炉の中で燃え」、「酸素、炭素、水素、窒素、それらが排気口からはきだされて、大気に流れ」、「やがてそれが雨滴になって落ちてきたりする」のだし、古い家のなかでは底知れぬ闇《やみ》がときどきぽっかり口をあけ、階段に終りがなくなる。現代の六本木に四百年前の麻布が原が重なり（そこでは江姫《ごう》が茶毘《だび》に付され、大量の香木が焚《た》かれて、どこまでも煙がたなびいた）、もういない永井荷風についての伝聞が、「無花果《いちじく》」と「シロアリ」と「殲滅《せんめつ》」を通過して父親についての記憶を呼び醒《さ》ます。時空が曖昧《あいまい》になり（というよりそもそも曖昧なのであり、流れていくのは時ではなく我々なのだが）、冬がいきなり夏になったり、いつか失《な》くしたボタンが降ってきたりする。

次々くりだされるイメージの集積が暴《あば》きだすもの——普段気づかずにいるけれど、すぐそばにあるはずのもの——を見る喜びには説明のつかないなつかしさが含まれている。

朝吹さんの小説のなかでは、時空以外のものもよく曖昧になる。すぐに思いだすのは『きことわ』の、貴子《きこ》と永遠子《とわこ》が昔いっしょに本を読んだことを、貴子が回想する有名（私のなかで）な場面だ。二人は「背中合わせで寝そべり、めいめい別の本を、声にだして読みあった」。だから「たがいの筋がこんがらがってしまった」とそこには書かれていて、さらりと書かれているけれどこれはかなり暴力的に甘美で、鮮烈におもしろいことだ。だって、こんがらがるのは互いの頭のなかなのだ。プライヴェート空間への（幸福な）侵入もはなはだしい。

さまざまな境界線が、『TIMELESS』でも曖昧になる。父性と母性（うみとアミにしても、うみの両親にしても）、生者と死者（作中で何度も回想されるゆりちゃんは、誰かの記憶のなかに特定の居場所を持っている限りこの世に存在し続けているわけだし、分解された成分となって漂い、地球上で循環するという意味でも存在している。さらにたとえば「ネイルとまつエクのサロンを経営している」という女の人に至っては、生者なのか死者なのかわかりようもない）――。

サロン経営の女の人が登場する「2」では近未来が描かれる。うみとアミの息子であるアオが十七歳になった二〇三五年、それは南海トラフ地震後の未来であり、人が癌《がん》で死ななくなったかわりに風邪で死ぬ未来、細菌がやたらと活性化しているらしい未来だ。そこではさまざまな境界線がますます曖昧になっているように見え、それは解放というより飽和後の決壊に似ている。ほとんど自然現象であり、必然に思える。

恋愛をとばして結婚／生殖しようと考える二人の人間の理性から動き始める物語だから、この小説に、人はどのくらい自由意思で生き方を選択できているのかという問いを発見することはもちろん可能（というか不可避）だろう。繁殖しなければ生物はほろびるという事実や、結婚して子をなすのがスタンダードだという暗黙の了解、結婚は恋愛に基づくのが望ましい（はずだ）という通念、それらに縛られずに生きられるのかというその問いは、家族とは何か、個人とは何か、生物とは何かという、より根元的な問いにつながっていく。

けれどこの小説のすばらしいところは、問いの大きさよりむしろ返答の小ささなのだ。たとえば蚕が桑の葉をはむ音、三味線にされたりされなかったりしながら生きてきた猫たち、目に見えないほど微細な物質になる人体、あり得ないと知っていてもソメイヨシノからときどき道明寺の匂《にお》いがすること、通りすぎてしまった時間のすべて、友人たちが惜しげもなく発散していた生気、降りやまない雨、自分では知り得ない記憶――。実際、世のなかはこういうものでできている／いたのではなかったか。

うっとりと読み終えて、そんなことを考えた。

（令和六年一月、作家）

この作品は平成三十年六月新潮社より刊行された。

川上未映子著
あこがれ
渡辺淳一文学賞受賞

水色のまぶた、見知らぬ姉——。元気娘ヘガティーと気弱な麦彦は、互いのあこがれのために駆ける！ 幼い友情が世界を照らす物語。

垣谷美雨著
女たちの避難所

絆を盾に段ボールの仕切りも使わせぬ避難所が、現実にあった。男たちの横暴に、怒れる三人の女が立ち上がる。衝撃の震災小説！

加藤陽子著
それでも、日本人は「戦争」を選んだ
小林秀雄賞受賞

日清戦争から太平洋戦争まで多大な犠牲を払い列強に挑んだ日本。開戦の論理を繰り返し正当化したものは何か。白熱の近現代史講義。

加藤シゲアキ著
オルタネート
吉川英治文学新人賞受賞

料理コンテストに挑む蓉《いるる》、高校中退の尚志《なおし》、SNSで運命の人を探す凪津《なづ》。高校生限定のアプリ「オルタネート」が繋ぐ三人の青春。

木内昇著
占《うら》

いつの世も尽きぬ恋愛、家庭、仕事の悩み。〝占い〟に照らされた己の可能性を信じ、逞しく生きる女性たちの人生を描く七つの短編。

木皿泉著
カゲロボ

何者でもない自分の人生を、誰かが見守ってくれているのだとしたら——。心に刺さって抜けない感動がそっと寄り添う、連作短編集。

倉橋由美子著　大人のための残酷童話

世界中の名作童話を縦横無尽にアレンジ、物語の背後に潜む人間の邪悪な意思や淫猥な欲望を露骨に焙り出す。毒に満ちた作品集。

黒柳徹子著　トットひとり

森繁久彌、向田邦子、渥美清、沢村貞子……大好きな人たちとの交流と別れを綴った珠玉のメモワール！　永六輔への弔辞を全文収録。

窪　美澄著　トリニティ
織田作之助賞受賞

ライターの登紀子、イラストレーターの妙子、専業主婦の鈴子。三者三様の女たちの愛と苦悩、そして受けつがれる希望を描く長編小説。

小池真理子著　モンローが死んだ日

突然、姿を消した四歳年下の精神科医。私が愛した男は誰だったのか？　現代人の心の奥底に潜む謎を追う、濃密な心理サスペンス。

小泉今日子著　黄色いマンション　黒い猫

思春期、家族のこと、デビューのきっかけ、秘密の恋、もう二度と会えない大切なひとたち……今だから書けることを詰め込みました。

佐藤愛子著　冥界からの電話

ある日、死んだはずの少女から電話がかかってきた。それも何度も。97歳の著者が実体験よりたどり着いた、死後の世界の真実とは。

佐野洋子著
シズコさん
私はずっと母さんが嫌いだった。幼い頃からの母との愛憎、呆けた母との思いがけない和解。切なくて複雑な、母と娘の本当の物語。

坂本龍一著
音楽は自由にする
世界的音楽家は静かに語り始めた……。華やかさと裏腹の激動の半生、そして音楽への想いを自らの言葉で克明に語った初の自伝。

さくらももこ著
またたび
世界中のいろんなところに行って、いろんな目にあってきたよ！　伝説の面白雑誌『富士山』(全5号)からよりすぐった抱腹珍道中！

佐藤多佳子著
明るい夜に出かけて
山本周五郎賞受賞
深夜ラジオ、コンビニバイト、人に言えないトラブル……夜の中で彷徨う若者たちの孤独と繋がりを暖かく描いた、青春小説の傑作！

最相葉月著
セラピスト
心の病はどのように治るのか。河合隼雄と中井久夫、二つの巨星を見つめ、治療のあり方に迫る。現代人必読の傑作ドキュメンタリー。

桜木紫乃著
緋の河
どうしてあたしは男の体で生まれたんだろう。自分らしく生きるため逆境で闘い続けた先駆者が放つ、人生の煌めき。心奮う傑作長編。

柴崎友香著
その街の今は
芸術選奨文部科学大臣新人賞受賞
カフェでバイト中の歌ちゃん。合コン帰りに出会った良太郎と、時々会うようになり――。大阪の街と若者の日常を描く温かな物語。

ジェーン・スー著
生きるとか死ぬとか父親とか
母を亡くし二十年。ただ一人の肉親である父と私は、家族をやり直せるのだろうか。入り混じる愛憎が胸を打つ、父と娘の本当の物語。

瀬戸内寂聴著
夏の終り
女流文学賞受賞
妻子ある男との生活に疲れ果て、年下の男との激しい愛欲にも充たされぬ女……女の業を新鮮な感覚と大胆な手法で描き出す連作5編。

瀬尾まいこ著
天国はまだ遠く
死ぬつもりで旅立った23歳のOL千鶴は、山奥の民宿で心身ともに癒されていく……。いま注目の新鋭が贈る、心洗われる清爽な物語。

田辺聖子著
姥勝手
老いてこそ勝手に生きよう。今こそヒト様に気がねなく。くやしかったら八十年生きてみい。元気いっぱい歌子サンのシリーズ最終巻。

田中兆子著
私のことならほっといて
「家に、夫の左脚があるんです」急死した夫の脚だけが私の目の前に現れて……。日常と異常の狭間に迷い込んだ女性を描く短編集。

新潮文庫最新刊

朝吹真理子著

TIMELESS

お互い恋愛感情をもたないうみとアミ。ふたりは〃交配〃のため、結婚をした――。今を生きる人びとの心の縁《よすが》となる、圧巻の長編。

安部公房著

飛ぶ男

安部公房の遺作が待望の文庫化！　飛ぶ男の出現、2発の銃弾、男性不信の女、妙な癖をもつ中学教師。鬼才が最期に創造した世界。

西村京太郎著

土佐くろしお鉄道殺人事件

宿毛へ走る特急「あしずり九号」で起きたコロナ担当大臣の毒殺事件を発端に続発する事件。しかし、容疑者には完璧なアリバイがあった。

紺野天龍著

幽世《かくりよ》の薬剤師6

感染怪異「幽世の薬師」となった空洞淵は金糸雀を救う薬を処方するが……。現役薬剤師が描く異世界×医療×ファンタジー、第1部完。

J・バブリッツ
宮脇裕子訳

わたしの名前を消さないで

殺された少女と発見者の女性。交わりえないはずの二人の孤独な日々を死んだ少女の視点から描く、深遠なサスペンス・ストーリー。

浅倉秋成・大前粟生
新名智・結城真一郎
佐原ひかり・石田夏穂
杉井光著

嘘があふれた世界で

嘘があふれた世界で、画面の向こうにいる特別なあなたへ。最注目作家7名が〃今を生きる私たち〃を切り取る競作アンソロジー！

TIMELESS《タイムレス》

新潮文庫　あ－76－3

令和六年三月一日発行

著者　朝《あさ》吹《ぶき》真《ま》理《り》子《こ》

発行者　佐藤隆信

発行所　株式会社　新潮社

郵便番号　一六二―八七一一
東京都新宿区矢来町七一
電話　編集部(〇三)三二六六―五四四〇
　　　読者係(〇三)三二六六―五一一一
https://www.shinchosha.co.jp

価格はカバーに表示してあります。

乱丁・落丁本は、ご面倒ですが小社読者係宛ご送付ください。送料小社負担にてお取替えいたします。

印刷・大日本印刷株式会社　製本・株式会社大進堂

ISBN978-4-10-125183-7 C0193